集英社オレンジ文庫

威風堂々悪女 8

白洲　梓

JN019567

本書は書き下ろしです。

威風堂々悪女 8

もくじ

威風堂々悪女 8

序章

「――ねぇ！　見て、あそこ！　人が倒れてる！」

重い雪に埋もれながら、青嘉《せいか》は深い意識の底でその声を聞いた。

身体の感覚がない。

雪媛《せつえん》は果たして腕の中にいるだろうか。もう、彼女が息をしているかすらわからない。なんの温《ぬく》もりも感じない。

厚く雪の降り積もった平原。

天から舞い降りてくる雪の礫《つぶて》が、風に乗って体中を貫《つらぬ》くように弾《はじ》けていく様が思い出された。轟々《ごうごう》と荒れ狂ったように吹きつける朔風《さくふう》の音が、まだ耳に残っている。最後に目に映した景色は、どこまでも真っ白だった。唯一《ゆいいつ》、自分の肩から流れ出す血が足元に滴《したた》り落ちて、その世界に色を生み出していた。

あれから、どれほどの時間が経《た》ったのだろうか。

(俺はまだ、生きてるのか――)

だが身体は凍りついたようで、指先ひとつ動かすことができない。

「死体は放っておけ」

別の声が聞こえた。

何かが近づいてくる気配がする。

鳴くような、雪を踏みしめる足音。

もうあの風の音は聞こえない。雪は止《や》んだのだろうか。

唐突に、凍りついていた世界に小さな綻《ほころ》びが生まれた気がした。温かな風が、その綻びから流れて吹きつける。

だがだんだんと、それは風ではないことに気づいた。

何かが、頬に触れている。

手だ。

青嘉は瞼《まぶた》を開こうとしたが、上手《うま》くいかなかった。糊《のり》でとめられたように動かない。

それでも手の主《ぬし》は、僅《わず》かな動きを感じたらしかった。

「――違うわ、生きてる！　生きてるわよ！」

「どうせもうすぐ死ぬ」

を感じた。

「まだ助かるわ！」

しばらく問答が続いた。

やがて、誰かの力強い腕に抱《かか》え上げられて、深く埋まった雪の中から身体が抜け出るのを感じた。

（雪媛様は——雪媛様は無事か）

自分より彼女を、と言いたいのに、唇を動かすことすらできない。

青嘉の身体は、どこかに横たえられたようだった。

「ね、そりに乗ってきてよかったでしょ。馬だけだったらこの人たちを運ぶのも大変だったわ」

「そりで来なけりゃ、こんな荷物を運ばなくて済んだのにな」

「もう！　早く帰りましょ！」

低いかけ声が聞こえた。身体が、雪の上を滑っていくような感覚。

そりが走り出したのだろう。

意識はまだ、朦朧《もうろう》としていた。

明るい口調の会話が、微《かす》かに耳に届く。

「ねぇねぇ、この二人ってね、きっとあれよ。許されぬ愛の逃避行をしてきた恋人たちだわ！　どんな理由があったのかしら。身分の差？　敵《かたき》同士の家に生まれた宿命の二人？　それとも——もしかしたら、実は母親の違うきょうだいだと発覚して⁉」

「……楽しそうだな」

「だーってぇ！　もう退屈で仕方ないんだもの！　どこもかしこも雪で真っ白、なんにも見えないし、旅芸人も訪ねてこないし、遠出はできないし、とにかく寒いし！」

「草原の冬はそういうものだ。お前が退屈だというから、こうしてそりに乗せてやったんだろうが。それがこんな余計なものを拾って……」

「ね、この二人が元気になったら、私にちょうだい！」

「別に構わないが。奴隷にするのか？」

「お話が聞きたいのよ。どうしてここまでやってきたのか、何があったのか……ああ、楽しみ！　どんな面白い物語を聞かせてくれるかしら？」

一章

都を出て以来、雪媛《せつえん》は床《とこ》に臥《ふ》せったままだった。

時折目を覚ましても、ぼんやりとした様子で口を開くこともまれで、食欲もない。体力が落ちているせいもあるだろうが、何より、彼女の心が内に閉じこもっているように見えた。

都を脱出し、江良《こうりよう》の助言通りまずは朱《しゅ》家の別宅へ向かおうとした青嘉《せいか》だったが、それは叶《かな》わなかった。環王《かんおう》の軍勢によって、都に近い街道は至る所で封鎖されていたのだ。

仕方なく、迂回《うかい》してそのまま田州《でんしゅう》を目指した。後から考えてみればそれでよかったのかもしれない、とも思う。秋海《しゅうかい》の状態を知れば、雪媛は己《おのれ》を責めて煩悶《はんもん》しただろう。今の雪媛に、これ以上の精神的な負荷をかけたくなかった。

なんとか田州に辿《たど》り着くと、柳《りゅう》一族である刺史《しし》の協力もあり、しばらくは落ち着いて雪媛を養生《ようじょう》させることができた。

都の状況は情報が錯綜《さくそう》していて、詳しくはわからなかった。ある者は皇帝は斃《たお》れたと言い、ある者は皇帝は都を追われたと言う。環王が都を制圧し碧成《へきせい》は囚《とら》われた、と語る者もいたし、碧成が環王を捕らえた、という逆の話もあった。

少なくとも、都がいまだ混乱の渦中《かちゅう》にあるであろうことは窺《うかが》える。そう思っていた矢先、皇帝の命《めい》を受けたという兵の一団が田州に現れた。

彼らの『皇帝』が誰を指すのかわからなかったが、目的ははっきりしていた。

「――柳雪媛がここに潜伏しているのはわかっている。今すぐここへ連れてまいれ」

田州刺史の助けもあり、青嘉は雪媛を連れて逃げ出した。

いまだ馬にも乗れない雪媛を抱《かか》え、人目につかぬよう山間《やまあい》の地に紛《まぎ》れて潜《ひそ》んだ。しかしそれも束《つか》の間《ま》、追跡の手は緩《ゆる》まず、潜んでいた隠れ家を急襲されて再び逃亡を余儀なくされた。

そのうちに青嘉は、自分たちを追う集団が一つではないことに気づいた。追っ手は複数存在し、そして、それらは互いに連携しているわけでもない。

神の意を悟り先を視《み》る神女、柳雪媛を手に入れた者がこの国の正統な皇帝となる――いつの間にか、そんな話が市井《しせい》ではまことしやかに囁《ささや》かれるようになっていた。

碧成と環王、それぞれの意を受けた者たちが、競って雪媛を手に入れようとしているのか、あるいは他にも彼女を狙う者がいるのか。

わかっているのはただ一つ。雪媛を、この手から離してはならないということだった。

雪媛を抱えながら、追っ手から逃れ続けた。

逃げて、逃げて——山を越え、川を渡り、更に北へと進んだ。

その道中、幾度か追跡者たちに追い詰められ剣を振るうこともあった。彼らを振り切りながら北の国境を目指し、どこまでも続く平原を進んでいった。もはや国外へ逃げるしか、道はない。

都ではまだ秋の気配が漂い、紅葉が美しい頃。

しかし北の荒涼とした大地にはすでに冷たい雪が降り注ぎ、地表を厚く覆《おお》いつくしていた。

雪媛の身体には負担がかかる道行きとわかっている。それでも、足を止めるわけにはいかなかった。雪媛は変わらず虚《うつ》ろで、糸の切れた人形のように腕の中に収まっていた。ほぼ口をきかず、呼びかけてようやく僅《わず》かに頷《うなず》く程度の意思表示をするのみだ。

人家を最後に見たのは、いつだったか。最後に立ち寄った集落でなんとか厚手の外套《がいとう》を手に入れたものの、慣れない風雪が身に染《し》みた。追っ手に斬られた肩の傷はまともに手当てもできず、塞《ふさ》がらないままだ。

曇天《どんてん》の下《もと》、やがて飢えと疲労から馬は力尽き、ついにその巨体を地面に投げ出し動かなくなった。

そこからは、徒歩で進むしかなかった。雪媛を背負いながら、さらに北上を続けた。ひどい雪嵐が大地を駆け下っていく。視界は吹雪《ふぶき》で遮《さえぎ》られ、ここがどこなのかこの先に何があるのか、まったくわからない。

背に負った雪媛は、力なく身を預けていた。

がくりと脚が雪の中に沈み込む。

動け、と歯を食いしばり少しばかり進んだ。しかし、もはや青嘉の身体は言うことをきかなかった。

その場に蹲《うずくま》ると、凍《こご》えた手で雪媛を背中から降ろした。

目を閉じた雪媛の長い睫毛《まつげ》に、粉砂糖のような雪が降り積もっていた。できる限り風に晒《さら》さないように、青嘉はその細い身体を腕の中に包み込む。

吹雪は強まるばかりだった。

世界は白一色に染め上げられ、やがて何も見えなくなった。

死ぬのか、と青嘉は雪媛を抱きしめながら思った。雪媛を守ると言いながら、あまりに情けない幕切れだ。

腕の中の雪媛が、馬鹿者、と言っている気がした。お前に殺されるまで生きると言ったが、こんなふうに殺されるとは――と。

実際の雪媛は唇を動かすこともなく、青白い顔で項垂《うなだ》れている。

彼女を抱きしめる腕に力を込めた。

声が聞こえたのは、それから一体どれだけ経《た》った頃だろうか――。


身体が動かないのはあのまま凍りついたせいだろうか、と考えた後に、縛られているのだと青嘉は気づいた。

重い瞼《まぶた》を押し上げると、頭上に一本の柱が伸び、その先に僅かに夜空が覗《のぞ》いているのが目に入る。暗い天幕の中、青嘉はむき出しの固い地面に転がっていた。

上体を起こそうとしたが腕は後背《こうはい》で固定され、両足を拘束する縄と繋がっている。それでも身体を捻《ひね》り、求める姿を探した。

周囲には大きな木箱や壺、麻袋《あさぶくろ》などが所狭しと積み上げられている。そのどこにも雪媛の姿はない。

青嘉は青ざめ、一体何があったのかと記憶を辿った。

（あの声——誰かがやってきて——）

あのまま雪原に取り残されていれば、とっくに凍死していただろう。それを、誰かに救われた。

あの時はそう思った。

だがこの状況からして、そう上手《うま》い話ではなかったらしい。

（ここはどこだ——雪媛様はどこに——）

自分たちは追っ手に捕まったのだろうか。

（いや、だがあの声は……）

朦朧《もうろう》とした意識の中で耳に届いたのは、瑞燕国《ずいえんこく》の言葉ではなかった。瑞燕国周辺の言語は、地域差は多少あれど共通語だ。かつて滅びた香《こう》王朝が統一支配していた頃、ひとつの国であった名残《なごり》だった。

だがあの時耳にしたのは、北方民族の言語であったと思う。

青嘉はかつての人生の中で、幾度か北の地で異民族と相対《あいたい》したことがある。その際、必要に迫られて彼らの言葉をいくらか習得したので、完璧ではないものの話している内容はおおよそ理解できた。とはいえ、途中で意識を失ったのですべては聞こえていなかったのだが。

瑞燕国からの追っ手とは思えなかったが、青嘉と雪媛が何者であるか気づき、捕らえられた可能性はある。一時は皇后《こうごう》であった雪媛の身柄は、何かと外交上の交渉材料に使えるだろうし、あるいはそこまで身許《みもと》が割れておらず、単にどこかへ売り飛ばすつもりかもしれない。そういえば、奴隷にする――という言葉が聞こえた気がする。

そう考えてひやりとした。

ともかく、雪媛だ。

彼女は無事なのか。どこか近くに囚われているのか。

所持していた剣も見当たらない。

父から受け継いだ王《おう》家代々の剣。戦《いくさ》で命を落とした父が、手放すまいとするように死してなお握りしめていたものだ。必ず取り返さなくてはならない。

（父上の剣が――）

がたん、と軋《きし》んだ音が響いた。

天幕に取りつけられた木製の扉が開き、切り取られたような人影がゆらりと現れる。

男が二人。ともに武装している。

彼らは無言で近づいてくると、青嘉の両腕を抱えるように引き起こし、そのまま荒々しく外へと引っ張り出した。暗くてはっきりとは見えないものの、その容貌や装束《しょうぞく》はやはり、いずれも瑞燕国のものとは思えない。

見上げると、空は晴れていた。星が溢《あふ》れるほど満ちて、地平線まで落ちていく砂のように続いている。足元はやはり雪で覆われており、青嘉はその上を物のようにずるずると引きずられていった。周囲には同じような天幕がいくつも並んでいるようだ。

(かなり大規模な集落だな……)

相当な力を持つ長《おさ》がいる土地である可能性が高い。

一回り大きな天幕の前までやってくると、その傍《かたわ》らに立っていた見張りらしき男が中へ声をかけた。

扉が開かれる。暗がりに慣れた青嘉の目に赤い光が差し込んできて、眩《まぶ》しさに目を細めた。

闇の向こうに、炎が蠢《うごめ》いている。

赤々とした炎が天幕の中心で燃え盛り、穴倉のような室内を明るく照らし出しているのだ。青嘉は有無を言わさず中へと連れ込まれ、乱暴に床に転がされた。頭から倒れ込み、頬の下に当たる柔らかな感触にはっとした。先ほどの天幕とは異なり、ここでは厚い絨毯《じゅうたん》が敷きつめられている。よく見れば、鹿や牛といった動物の図柄が随所《ずいしょ》にちりばめられた見事な織りの絨毯である。

腹這《はらば》いになった状態で顔を上げると、炎の向こうに三つの人影が垣間見《かいまみ》えた。この体勢では、相手の顔はよく見えない。

「──南人《なんじん》だな。どこの国の者か」

向かって左の人物が声を上げげた。向けられた言葉は流暢《りゅうちょう》な共通語だった。

南人、とは彼らが瑞燕国を含む五国の民《たみ》を指す時に使う言葉である。

青嘉の両脇には先ほどの男たちが立ち、不審な動きがあればすぐに斬り捨てるという風《ふ》情《ぜい》で剣を手にしている。

ここにも、雪媛の姿はない。

「……私の連れはどこだ」

「質問に答えよ。それ以外の発言は認めぬ」

冷ややかな声。

これは尋問だ。

「…………瑞燕国」

「南人は、この地の厳しさを甘く見過ぎだ」

呆《あき》れたようなため息が聞こえた。

「そんな恰好でよくもやってきたものだ。我らが見つけなければ、確実に死んでいた。一体、何の目的で我らの土地に足を踏み入れたのだ」

青嘉は慎重に言葉を選んだ。自分と雪媛が何者であるか、知られるわけにはいかない。

「……目的などありません。彷徨《さまよ》ううちにここへ迷い込んだようです。先だって国で争乱が起こり、妻とともに戦火を逃れて国を出たのですが、途中で道を見失いました。……助けていただいたことは、感謝いたします」

言葉にしたことはおおよそ嘘ではない。妻、という部分を除くが。

「ですので、今自分がどこにいるのかよくわかっていません。失礼ですが、ここはどなたが治める土地ですか」

「こちらにいらっしゃる、クルム左賢王《さけんおう》の所領である」

声の主はそう言って、中央に座す人物を示した。

青嘉はぎくりと身を固くする。

（クルムの、左賢王）

クルムは北方の草原地帯に暮らす遊牧民である。騎馬に長《た》け、それ故《ゆえ》に優秀な騎兵部隊として機能する彼らは、国境を接する瑞燕国まで南下しては度々《たびたび》略奪行為を繰り返してきた。そのクルムの皇帝にあたる称号はカガンといい、その後継者は左賢王と呼ばれ、彼らの版図《はんと》の東一帯を治める。

この時のクルムの左賢王、つまり瑞燕国でいえば皇太子――名をシディヴァといった――と、青嘉は一度戦ったことがある。やり直す前の、雪媛を喪《うしな》った世界で。

その時のクルムはただの略奪目的ではなく、明確な侵略の意図の下《もと》、大軍を率いて瑞燕国へと攻め込んできた。

青嘉は直接シディヴァと剣を交えたわけではない。彼が指揮する、その大軍とぶつかったのだ。

それは圧倒的な、恐ろしい強さだった。騎馬の機動力に、歩兵が主力であった瑞燕国軍は苦戦を強《し》いられた。翻弄《ほんろう》され、彼らの領土の奥へ奥へと引きずり込まれそうになり、多くの死傷者を出した。そして瑞燕国は、北部の領土の一部を失った。

若かった自分にとって、初めての敗北だった。

(これが――)

目の前の人物を見上げようと、青嘉はなんとか身体を起こそうとする。思えばあの戦を最後に、彼とは戦うことはなかった。シディヴァは北方の部族を統一すべく戦に明け暮れ、さらに勢力を西へと伸ばして数多《あまた》の国を併呑《へいどん》し、クルムの領土を最大に広げた。しかしその後、内紛によって命を落としたと聞く。そしてそれ以降、クルムの勢力は急激に衰退し、瑞燕国にとって脅威《きょうい》ではなくなっていったのだ。

だからこそ青嘉にとっては、永遠に打ち勝つことのできない敵として脳裏に刻まれている。

「起こしてやれ」

先ほどとは別の声が響いた。中央の人物——シディヴァだ。

兵士が青嘉の上体を引っ張り上げた。膝をついたまま、青嘉はようやく炎の奥にある姿を捉えた。

気負わぬ様子で片膝を立て胡坐《あぐら》をかき、静かに青嘉を見下ろしている。

「——で、何者だお前は」

シディヴァの黒々とした瞳に炎が映り込み、燃え立つように思われた。ただしそれは、片側だけ——左目のみである。右は眼帯で塞がれている。

肩に届かないほどの短髪が意外だった。瑞燕国同様に北方の民の髪は総じて長く、さらに彼らは部族ごとに結い方編み方の異なる髪型をしているのが通常だ。そして随分《ずいぶん》と小柄に見えた。立ち上がっても、青嘉の肩にも届かないかもしれない。

思った以上に若い。二十代半ばほどの青年——。

そこまで観察して、青嘉は一瞬ぽかんとした。

そして、見間違いだろうかと何度も確認した。

シディヴァは肩から狐《きつね》の毛皮を羽織っているが、その下には袖《そで》のない衣《ころも》を纏《まと》っていた。この天幕の中は外とは段違いに暖かいから、それでも寒さを感じず過ごせるのだろう。だが、気になったのはそこではない。

その袖口から伸びた肩や腕にはしっかりとした筋肉がついているが、全体的に丸みを帯びており、そして何より——明らかに豊かな胸の膨《ふく》らみがある。

(女——?)

青嘉は戸惑《とまど》って、その両脇に座る人物を探った。

向かって左に座るのは若い男——こちらはまず間違いなく男である。長い髪をひとつにまとめて編み込んでおり、その髪色の明るさからして西域《せいいき》の血が混ざっているだろう。初めに問い質《ただ》してきたのは彼である。

右には若い女。少女といっていい。こちらは見事な金の巻毛を波打たせ、透き通るような緑の目で興味深そうに青嘉を眺めている。

そのほかに、左賢王と思《おぼ》しき人物はいない。

ではやはりこの女がそうなのか、と青嘉は視線を戻した。

(確かに、左賢王が男だ、とは誰も言わなかったが……)

当然、男であると思い込んでいた。

（本当にこれが、あのシディヴァなのか？）

思い出されるのは雪媛と初めて会った時のことだ。宮女に化けた雪媛にまんまと騙《だま》され、芳明《ほうめい》演じる偽《にせ》の雪媛を疑うこともしなかった。今回も騙されている可能性がある、と青嘉は慎重になった。

「問いに答えよ。名は？」

左の男が言った。決して威圧的なわけではない。どちらかといえば穏やかな様子で、語調は強くとも落ち着いている。だが、有無を言わさぬ覇気があった。実は彼こそがシディヴァであるかもしれない。

思案《しあん》の後《のち》、青嘉は口を開いた。

「……私は、瑞燕国の都で商いをしております、金《きん》と申します」

「ほう、商人か」

「はい。先日、突然都で起きた戦火で店を失い、親戚を頼って田州へと逃れました。そこでしばらく情勢を窺っていたところ、国内での商いは当分難しいと考え、西域へ行き新たな商売を始めようと妻とともに国を出たのです。しかし途中で追い剝《お》ぎに遭《は》い、逃げるうちに道に迷って――」

「その怪我《けが》は？」

シディヴァ――と思われる女が口を開き、青嘉の肩に目を向けた。肩口の傷は血が固まってこびりつき、衣を黒く染めている。

「……追い剝ぎに襲われた際に、斬られました」

すると彼女は、傍らに置いてあった一振りの剣を手に取った。

「これで戦ったのか？」

青嘉の剣だ。返せ、と叫びそうになるのをなんとか堪《こら》える。

かなりの重量がある剣だ。雪媛も以前この剣を抜いたことがあったが、両手でようやく振り上げている状態だった。しかしこの女は、軽々と片手で持ち上げ顔に近づけて品定めするように眺めている。

「随分と立派な剣だ」

硬質な音を立てて鞘《さや》から刀身を抜き放ち、頭上に掲《かか》げてみせる。炎が白刃《はくじん》に映り込み、剣が燃えているように見えた。

「一介の商人が持つには、立派すぎるようだな」

青嘉は息を詰める。

「それは――商品です。私のものではありません」

「その割には使い込まれている」

「古物《こぶつ》ですので。最近仕入れました」

「頬の傷は？」

きょろり、とそれ自体が生き物のように左目が動いて、青嘉に向いた。

「その頬の傷はどうした。随分といい面構《つらがま》えだな」

「これは……子どもの頃に、不注意でついた傷です」

隻眼《せきがん》が鋭い矢のような視線で射貫《いぬ》いてくる。

探られている。怪《あや》しまれている。

青嘉は息苦しさを感じながらも、努《つと》めて平静を装った。

「――そうか」

女はにやりと笑う。

「俺もこの通り、若い頃に不注意で目をやられた」

眼帯に人差し指をコツコツと当てる。

「怪我をした者、弱い者、老いた者……そうした者は切り捨てられ、強い者が生き残る。それが草原の掟《おきて》だ。片目を失った時点で俺は本来、生き残れない者になった。しかし今、こうしてここにいる。何故《なぜ》だと思う？　――それでも、俺が誰より強いからだ」

途端に、手にしていた剣を取り落とすように放り出す。ガシャン、と音を立てて彼女の足元に跳ねたそれを、青嘉は目で追った。

「嘘つきは嫌いだ。——殺せ」

興味を失ったような声音。

青嘉の両脇に佇《たたず》んでいた兵士が剣を閃《ひらめ》かせる。

青嘉は咄嗟《とっさ》に床を蹴り、身体を転がして振り下ろされた刃《やいば》から逃れた。

絨毯に切っ先が突き刺さる。

腕は縛られたままだ。上体をばねにして、足を振り上げ兵士の喉元《のどもと》に蹴りを入れた。呻《うめ》いて崩れ落ちる男の向こうから、もう一人が斬りかかってくる。

(避けられない——!)

「だめ——っ!」

天幕内に甲高《かんだか》い声が響き渡った。

兵士が驚いて動きを止めた。

向かって右に座っていた金の髪の娘が立ち上がり、怒ったように「やめて!」と叫んでいる。共通語ではなく、クルムの言葉だった。

「約束が違うわ、シディ! 彼は私にくれると言ったじゃないの!」

シディヴァはうるさそうに眉を顰《ひそ》めた。

「女のほうはくれてやるから好きにしろ。話し相手は一人いれば十分だろう」

「だめよっ！　駆け落ちしてきた二人をこんな形で引き裂くなんて、そんな悲しい結末絶対だめっ！　いやっ！　だめっ！」

「………………」

駄々をこねるように腕をばたつかせる娘に、シディヴァは呆れたような渋面《じゅうめん》を作った。

娘の声に聞き覚えがある気がして、青嘉ははっとする。雪に埋もれ、朦朧とする中で聞こえてきた声。

「……あの時、私たちを助けてくれたのはあなたですか」

クルムの言葉で話しかける青嘉に、娘も他の二人も意外そうな表情を浮かべた。

「あら、覚えているの？　確かに見つけたのは私だけれど。シディがあなたたちを運んで、ここまで連れてきたのよ。ね、わざわざ自分で助けたくせに、殺すなんて言わないわよね？」

子どもっぽくせがむように、シディヴァの腕をぐいぐいと引っ張る。

「嘘をついたこいつが悪い」

ではあの時、青嘉を雪の中から引っ張り上げた力強い腕は、この女のものだったのか。

「お前の言うことなんか聞くんじゃなかったよ。あのまま雪の中に転がしておけばよかったんだ」

青嘉は出来得《う》る限り姿勢を正した。

「……そうとは知らず、失礼しました。あの時助けていただかなければ、すでに命はありませんでした。心より感謝を」

「ほらほら、ね、謝ってるんだから許してあげましょうよ」

「だめだよ、ナスリーン」

しばらく黙って見ているだけだった若い男が、宥《なだ》めるように言った。

「彼は嘘をついてる。——今の身のこなし、やはり商人などではないだろう」

口許《くちもと》には笑みが浮かんでいるが、目は冴《さ》え冴《ざ》えと冷たく青嘉を見下ろしている。

「相当な鍛錬を積んだ武人だね。そしてこちらの言葉にまで通じている。——間者《かんじゃ》かもしれない」

「あら、ユスフったら！　武人だって駆け落ちくらいするわよ。きっと貴族の奥方と禁断の恋に落ちて二人で逃げてきたのね！　奥方は親に決められて年上の夫と結婚したけど幸福ではなくて、そこに現れた逞《たくま》しい彼に惹《ひ》かれ、迷いつつも心には抗《あらが》えず、悩み抜いた末に……っ」

ナスリーンと呼ばれた少女は、物語の筋書きを勝手に想像して頬を上気させ、目を輝かせている。うっとりと陶酔しているその様子に、青嘉は困惑《こんわく》した。

「……うんうん、ナスリーンの想像が実は正解かもしれないね」

ユスフというらしい男は、しょうがないというように口許に笑みを浮かべながら肩を竦《すく》め、青嘉に向き直る。

「どうだろう？　今からでも真実を言えば、ひとまず命は保障しよう」

ただし、と付け加える。

「また嘘をついたら、その時はあなたの連れていた女人《にょにん》を殺す」

青嘉は彼を睨《にら》みつけた。

「……彼女が無事かどうか、確認させてほしい。それができなければ答えられない」

「随分と衰弱していたから、人をつけて看病させている。動かせる状態じゃない。でも安心していい、彼女に危害は加えていないし縛りつけてもいない。――今のところは」

「本当よ。私もさっき少し様子を見てきたの。彼女は無事だから安心して」

ナスリーンが言い添えた。

「ね、だから本当のことをお話ししてくださいな。あなたたちが目を覚ましてくれるのを楽しみに待っていたのよ。――ああっ！　なるほど、嘘をつかないといけない秘密があるのね？　はぁ〜、わくわくっ」

頬を染めて前のめりになるナスリーンを引っ込めるように、シディヴァがひょいと腕を伸ばした。

「お前はしばらく口を挟むな」

「……確かに、嘘をつきました」

かといって、本当のことなど言えるはずもない。

青嘉は考えを巡らせた。

「私は瑞燕国の皇宮《こうぐう》に仕《つか》えていた侍衛《じえい》で、連れは……後宮《こうきゅう》の宮女です。彼女が皇帝陛下の目にとまり側室として召し上げられそうになり、二人で逃げることに——」

完全な嘘はきっと見破られてしまう。八割方、事実に近い嘘を捻り出す。

「陛下の女を連れ出したとあっては、死罪は免《まぬか》れません。……ですので、軽々しく口外できないと思い、偽《いつわ》りを」

「まぁあ！　皇帝の後宮から彼女を盗み出してきたの⁉　きゃあぁ〜素敵！　究極の愛の逃避行だわ！　ねぇ聞いた？　聞いたシディ？　私が言った通りでしょ、絶対駆け落ちしてきたんだって！」

目を輝かせて身悶《みもだ》えているナスリーンには構わず、シディヴァは表情ひとつ変えずにじっと青嘉を見下ろしている。

「──女を殺せ」

なんの抑揚もなく、つまらなそうに命じた。ナスリーンが驚いて声を上げた。

「シディ！」

兵士たちが了解したというように外へと出ていこうとする。

「お待ちください！」

青嘉は焦《あせ》った。シディヴァの目は、嘘を見透かすように射貫いてくる。

(何か感づいているのか──)

本当のことを言ってみろ、と、そう無言のうちに迫られているのだ。

真実を語るわけにはいかない。しかし、雪媛を守れなければ、意味がない。

「……では、私を殺してください」

すると、シディヴァはにやりと片側だけ口角を上げて笑った。

「ほう？」

「私は真実をお話ししました。これ以上語ることはございません。それでも命を取るというのであれば、彼女ではなく私の命にしていただきたい！」

ナスリーンが不安そうに、青嘉とシディヴァの顔を交互に見つめている。

シディヴァの指が何かを指図するように動いた。

途端に背後から手が伸びてきて、地面にうつ伏せるように押さえ込まれる。剣の切っ先がぬっと現れて、首筋に沿うようにひやりとした感覚があった。

「…………っ」

「やはり男は女を守らねばな。見上げた心がけだ」

「あーあ。これじゃあ、命を保障すると言った俺の言葉が軽くなるじゃないか、シディ」

ユスフが拗《す》ねたような表情を浮かべる。

「やめて、お願いよシディ！」

「首が落ちるのを見たくないなら、むこうを向いていろ」

ナスリーンが表情を歪《ゆが》め、泣きだしそうな顔になる。

肩を竦めてシディヴァは彼女の頭を引き寄せると、自分の肩に顔を埋《うず》めさせるように抱えて青嘉から視線を外してやる。

「やれ」

その号令に呼応して、ぐっと首に刃先が食い込むのを感じた。

青嘉は息を詰め、目を瞑《つぶ》る。

(すみません――雪媛様)

それでも、彼女さえ生きていてくれたら。

唐突にドン！　と音を立てて扉が開いた。

「――ま、待って！」

冷たい風がさっと吹き込んでくる。誰かが転がるように入ってきて、つんのめりそうになりながら急《せ》き込んで青嘉の前に身を投げ出した。

その人物は青嘉には背を向けて膝をつくと、シディヴァに向かって声を上げる。

「どうかお待ちください！」

「……何の真似だ？」

「な、なにとぞご再考を！　彼は怪しい者ではありません！」

共通語を話すその声に、身動きできないまま青嘉は耳を澄ませる。

（誰だ？）

「この方たちは――僕と妻の恩人なのです！　身許は僕が保証いたしますので、どうかお許しください！」

彼が床に額《ひたい》を打ちつける音が響いた。

炎がパチパチと爆《は》ぜる。それがしっかり耳に届くほどに、しばらくの間誰も何も言わず、動かなかった。シディヴァの言葉を待っているのだ。

「――放せ」

彼女の声が響いた。

身体を押さえつけていた重みが消える。

青嘉は訝《いぶか》しんだ。僅かに息をつき、ゆっくりと視線を上げる。

目の前で平伏していた人物が顔を上げ、「ありがとうございます！」と再び頭を下げた。

ぱっとこちらを振り返る。

その顔を見て、青嘉は「あっ」と声を上げた。

「…………永祥《えいしょう》殿⁉」

葉《よう》永祥は眉を下げ、ひどく気が抜けたような表情を浮かべた。

「ま、間に合ってよかった～……」

二章

　史上最年少で科挙《かきょ》合格を成し遂《と》げた秀才であり、前皇后《こうごう》である安純霞《あんじゅんか》の幼馴染《おさななじ》み。そして、雪媛の手引きによって純霞とともに瑞燕国《ずいえんこく》を出奔《しゅっぽん》したはずの葉永祥《ようえいしょう》は、遊牧民たちの纏《まと》う毛織物の衣《ころも》に身を包んでいる。ただし、寒くて何枚も重ねて着ているのか妙に着膨《きぶく》れてかなり不格好であり、首には狐《きつね》と思われるふさふさの襟巻《えりま》きをぐるぐると巻きつけていた。

「……何故《なぜ》、あなたがここに」

　見知った顔が、しかも西域《せいいき》に行ったものと思っていた人物が突然目の前に現れて、青嘉《せいか》は困惑《こんわく》した。

「シディヴァ様、ありがとうございます！」

　永祥はシディヴァに向かって再び深々と頭《こうべ》を垂れた。

　ナスリーンがほっとした様子で、なおかつ興味津々《しんしん》に永祥と青嘉に目を向ける。

「永祥の知り合いなの？」

「僕と純霞が国を出る時、手助けをしていただいたんです。あの時助けていただかなかったら、今の僕らはありません」

「あら！　じゃあ、あなたたちの駆け落ちの協力者なのね!?　その二人が今度は駆け落ちを!?　まぁ、まぁ、まぁ〜あ！」

　ナスリーンは興奮が最高潮といった風情《ふぜい》で何故かくるりと一回転し、さらに何度もぴょんぴょんと飛び跳ねた。

「これはもう絶っ対、一晩かけてじっくりお話を聞かなくちゃ！　ね、ね、シディ、私のユルタに皆を招待したいわ！」

「誰が放免すると言った」

　シディヴァの低い声に、永祥もナスリーンもはっとして表情を固くした。隠されていない左目が、鈍《にぶ》く光るように思えた。

「シディヴァ様、二人のことは僕が責任を持ちます。ですから――」

「どうせさっきのは偽名だろう。本当の名も名乗らぬ者を信用などできん」

「え……ええと……」

　永祥が窺《うかが》うようにこちらを見た。正直に口にするわけにはいかないだろう、と彼も察しているのだ。

　青嘉の名は、この時点であればまだ世に知られるものではないから構わない。だが神女と呼ばれた雪媛《せつえん》の名は、噂話《うわさばなし》でもこの地まで聞こえている可能性があった。そして逆に、ここで雪媛の名が知れれば、それが瑞燕国へ伝わり居所が発覚する恐れもある。

「……私は青嘉と申します。連れは……春蘭《しゅんらん》です」

　確認するようにシディヴァが永祥に視線で問いかけると、永祥は力強く頷いた。

「はい、確かに青嘉殿と春蘭殿です」

「――ふん」

　シディヴァは青嘉の剣を手に立ち上がると、ゆっくりと青嘉の前に進み出た。ただ歩く、その身のこなしだけで青嘉にはわかった。鍛えられた身体、隙《すき》のない動作――ただ者ではない。

　音を立てて剣を抜き、青嘉の首元にひたと切っ先を向ける。

「シディ！」

　ナスリーンが声を上げた。

　青嘉はじっとシディヴァを仰ぎ、その殺気を受け止めた。肌がひりひりとする。内側から高揚感が滲《にじ》んでくる気がした。

やはり、彼女こそが左賢王《さけんおう》シディヴァだ。

唐突にシディヴァは剣から手を放した。それは音を立てて青嘉の足元に落下する。

「永祥に免じて、機会をやろう」

縄を解け、とシディヴァが命じた。ようやく自由になった手足は思うように動かなかったが、青嘉は警戒しながら立ち上がった。

「草原では強さがすべて。強い者が生き残り、弱い者は淘汰《とうた》される。——お前が強者であれば生き残れる。至極《しごく》簡単な話だ」

不敵な笑みを浮かべてシディヴァが言った。

「その剣で、お前が俺に勝てたら生かしてやろう」

その言葉に、慌《あわ》てたように永祥が声を上げた。

「し、しかしそれは……」

「外へ出ろ」

自《みずか》らも剣を取って、シディヴァが顎《あご》をしゃくる。

「待って、シディ」

しばらく静観していたユスフが立ち上がった。

「左賢王自らがやることじゃないだろう。そういうのは他の者に任せてよ」

「動きたい気分なんだ」

「上に立つ者というのは、どっしり座って眺めていればいいんだよ」

「俺が負けるとでも思ってるのか」

「彼は怪我《けが》をしている。シディが勝った、しかし相手は怪我人だった……なんて、情けない噂を流すわけにはいかないからね。それがカガンや右賢王《うけんおう》の耳に入ったら？」

不満そうな顔をしながらも、シディヴァは舌打ちして自分の剣を彼に向かって放り投げた。飛んできた剣を受け止めて、やれやれというように肩を竦《すく》めたユスフは、外に向かって「バル」と声を上げる。

入ってきたのは入り口で見張りに立っていた男だった。ずんぐりとしているが、大木の幹のように太くたくましい腕や脚は、いかにも屈強な戦士らしさが滲み出ている。

「バル。シディがお前の力をご所望《しょもう》だ。そこの男と一対一」

バルと呼ばれた男は青嘉を見据え、無言で頷く。

永祥が青嘉にそっと囁《ささや》いた。

「青嘉殿、怪我の具合は？」

「痛みはもうほとんど麻痺《まひ》して感じませんが……肩が思うように上がりません」

自分のもとに戻ってきた剣を握り締めた。手に馴染んだその感触に、少しほっとする。

「あの男……バルはシディヴァ様の親衛隊の中でも腕利《うでき》きの男です。その身体では……」

「ありがとうございます、永祥殿。……後《のち》ほど、どうしてここにいるのか話を聞かせてください」

生き残れれば、の話だが。

永祥もそう考えたのだろう、なんともいえない表情を浮かべた。

外へ出ると、開けた一角で青嘉とバルは互いに距離を取って向き合う形になった。兵士たちが松明《たいまつ》を掲《かか》げ、その周囲だけが明るく浮かび上がる。このあたりはある程度除雪がされていたようで、薄《うっす》ら雪が被《かぶ》さる程度になっており、ところどころ地面が露出しているのが見えた。

シディヴァとナスリーン、永祥は少し離れて二人を見守る。

「勝敗の決し方は?」

青嘉が問う。

「死んだほうが負けだ」

当然とばかりにシディヴァが言い放つ。

「――始めろ」

その合図に、青嘉は剣を握り直した。

向かい合う男は地面に根を生やしたようにどっしりと構えている。手にしているのは曲線を描く大剣だ。巌《いわお》のようなその様相に、隙はまったくない。

と、そう思った次の瞬間、彼の姿が目の前から消えた。

「――！」

気がつくと、頭上から白刃《はくじん》が振り下ろされていた。地面を蹴って間一髪《かんいっぱつ》でそれを躱《かわ》す。どんと空気が裂けるような音が響いた。

（速い！）

一瞬で間合いを詰められていたことに驚く。避けたと思ったが、切っ先が頬を掠《かす》めた。雪を纏いながら転がり、青嘉は再び叩きつけられた剣を自らの刃《やいば》で受け止め、渾身《こんしん》の力で弾《はじ》いた。恐ろしく重い。

（相当な手練《てだ》れだ）

怪我と疲労によって万全とは言いがたい自分の身体で、どれだけ太刀打《たちう》ちできるだろうか。

いつの間にか、周囲には人が集まり始めていた。武装した兵だけでなく、老人に、女や子どももいる。小さな山羊《やぎ》を抱いた少年が、興味津々でこちらを眺めているのが視界に映り込んだ。

その向こうにはいくつもの天幕。あのどこかに雪媛はいるのだろうか。

(死んだほうが負け――勝つことでしか生き残れない)

今度も雪媛を守れないまま、死ぬわけにはいかない。

青嘉はバルに突進した。長引けば今の自分には不利だ。

渾身の力で剣を振るった。バルがそれをぶんと薙《な》ぎ払い、鈍い金属音が弾ける。そこからは互いに一歩も譲らず、激しい打ち合いが続いた。

巨岩を受けるような重い打撃に、弱った身体が軋《きし》む思いがする。青嘉は歯を食いしばった。

確かにかつては、シディヴァの軍勢には負けた。その中にはきっと、この男もいたことだろう。だが今の青嘉は、そこから数十年分の熟練した技と力を持っている。戦と一対一の決闘はまったく異なるものではあるが、それでも、そうやすやすと負けるつもりはない。

肩の傷が開いて、再び血を流しているのを感じる。力が思うように入らない。

青嘉は息が切れるのを自覚した。これ以上は、身体が持たない。

踏み固められた雪に足が滑った。僅《わず》かに身体が傾く。

「……っ!」

その動きの遅れをバルは見逃さなかった。殺《と》った、というように会心の一撃を叩き込んでくる。

咄嗟《とっさ》に青嘉は足元の雪を握って、彼の顔にその雪礫《ゆきつぶて》を投げつけた。

思わず目を瞑《つぶ》ったバルの勢いが、ほんの少し弱まった。二人の剣が交差し、ぎりぎりと押し合いが続く。

しかし次の瞬間、肩に激痛が走り青嘉の手から剣が零《こぼ》れ落ちた。

（力が……！）

その一瞬を見逃さず、バルが斜めに斬りかかった。

青嘉はこれをぎりぎりで躱す。

飛び退《の》いた青嘉だったが、落とした剣から遠ざかってしまった。素手でこの男に勝てるとは思えない。

「くっ……」

どうする、と思った瞬間、バルが青嘉の剣を手に取った。そしてそれを、ぱっとこちらに向かって放り投げる。

足元に落ちた剣を、青嘉は驚いて見下ろした。

バルは無言だ。

だが彼の考えはわかった。丸腰の相手とやり合うつもりはないのだ。

苦笑いを浮かべながら青嘉は剣を握りしめる。気分が高揚した。これほどの勇者と戦えることが嬉しい。

かつての人生の中で、戦場で過ごした時間のほうが圧倒的に長い。やはり自分には、そういう生き方が性《しょう》に合っているのだと思う。

バルが大きく剣を振りかぶって迫ってくる。振り下ろされたその刃を逃れることはできなかった。咄嗟に刀身の腹を左腕で受けることで、斬撃の軌道を僅かに逸《そ》らした。致命傷は免《まぬか》れたが、肉が裂ける感覚が広がり、腕から血が滴《したた》り落ちる。

そこからバルが再び攻撃に転じるまでの、ほんの刹那《せつな》の瞬間。

青嘉は渾身の力を籠《こ》めて、斜めに胴を斬り上げた。バルは何が起きたかわからない、というように目を見開いた。身体から血が噴き出して、ぐらりと倒れ込む。

大地を揺るがすような音が響き渡る。

雪がまばらに残る土の上に、巨体が横臥《おうが》した。

起き上がってくる気配がないと悟ると、青嘉は崩れ落ちるように膝《ひざ》をついた。

肩で息をしながら、青嘉はシディヴァの姿を探した。左腕から流れ落ちる鮮血が、地面を濡らす。

シディヴァは腕を組み、じっとこちらを見つめていた。闇の中で、彼女の瞳が燃えるように輝いている。

ユスフが近づいてきて、倒れて動かないバルの傍《かたわ》らに屈《かが》み込む。その顔を覗《のぞ》き、首元に手を添えた。

「……まだ生きてる。かろうじてだけど」

どうする？　というように、シディヴァを窺《うかが》った。

死んだほうが負けだ、と言うからには、生きている以上勝敗は決していないということだろう。

「――ここは戦場じゃない」

青嘉はシディヴァに向かって声を上げた。

「これ以上、命のやり取りをする必要はないだろう。とどめを刺すつもりはない」

するとシディヴァは、しばし沈黙してから口を開いた。

「永祥」

シディヴァの低い声に、永祥がびくりと肩を揺らす。

「は、はいっ！」

「その男は、お前に預ける」

「え……」

「ただし、何かあればお前の妻の命はないと思え」

「――う、あ、はい！」

慌てて駆け寄ってきた永祥は、青嘉の怪我の具合に表情を曇らせる。

「僕のユルタへ行きましょう。すぐ手当てしないと――」

ひゅっ、と風を切るような音がした。

青嘉と永祥ははっとして音のした方向に目を向ける。

倒れていたバルの首と胴が離れて、鮮血が飛んでいた。その横で、ユスフが血に濡れた剣を握って彼を見下ろしている。冷えた空気の中、血潮《ちしお》から立ち上る白い蒸気が妙に生々しく映った。

二人の視線に気づいたユスフは、親しげににこっと笑いかけた。

「負けた者は死ぬ。それが掟《おきて》だもの」

気軽な様子でそう言い放つ。

シディヴァも異論がないようで、咎《とが》めることもしない。

ただ、いつの間にか彼女はナスリーンの顔を自分の肩に押しつけるように、片腕で抱き込んでいた。ユスフがバルを殺す場面を見せないようにしたらしい。

「……終わった？」

「ああ」

その返事に、ナスリーンはゆるゆると顔を上げる。しかし遺体を見たくないらしく、決して顔はこちらに向けようとしなかった。

「行きましょう、青嘉殿」

気を取り直して永祥が青嘉の無事な右腕を引き、自分の肩に摑まらせる。

「ここは、そういうところなんです。——さぁ、こっちへ」

よろよろと青嘉は歩き出した。思った以上に力が入らない。

「申し訳ない……」

「何を言ってるんです。どうぞ寄りかかってください」

「……雪媛様がどこにいるか、ご存じですか」

青嘉は小声で尋《たず》ねた。

「ええ、大丈夫です。ご無事ですよ」

そう頷く永祥に、ようやく安堵《あんど》する。

「永祥殿は、いつからここに?」

「半年ほど前からです。話せば長いですよ。……しかし、お二人がどうしてここにいるのか、そちらのほうがよほど気になります」

「それも……話せば長いです」

「そうでしょうね」

ですが、と永祥は僅かに微笑を浮かべた。

「こんな形になるとは思いませんでしたが、お会いできて嬉しいです。――考えていた以上に、とてもね」


懐《なつ》かしい歌が聞こえた気がした。幼い頃に聞いた子守唄。

玉瑛《ぎょくえい》だった頃、母が歌ってくれたのだ。

暗い水の底から意識が這《は》い上がってくる。重い瞼《まぶた》を開くと、温かな光が広がった。

遠くから聞こえたと思った歌声が、すぐ傍《そば》にある。

小さく、微《かす》かな歌声。

傍らに人影が見えた。

女が視線を手元に向けて、縫い物をしながら歌を口ずさんでいる。雪媛が目を開けたことに気づいたのか、歌が途切れ、手を止めた。

「気分はどう？」

手が伸びてきて、雪媛の額《ひたい》に触れた。少しかさついた、温かい手。

(母さん……?)

今までのことは全部夢だったのだろうか。自分はやっぱり奴婢《ぬひ》の玉瑛で、ここはあの忌《い》まわしい黄《おう》家の使用人部屋だろうか。

ようやく明かりに目が慣れてくる。

雪媛はじっと人影を見つめた。母の面影《おもかげ》を探したが、やがてまったくの別人だと気づいた。誰かが、心配そうにこちらに顔を向けている。

その顔には見覚えがある気がした。どこで見たのだろう、似ている顔を知っている。

信じられない思いで、口を開いた。

「……………安……皇后?」

その声はひどく掠れている。

安純霞は微笑を浮かべた。

「ひさしぶりね、貴妃《きひ》」

視線を彷徨《さまよ》わせる。

ここは、どこだ。

青嘉は、どこだ。

「青嘉殿なら、永祥と一緒にいるから大丈夫よ」

まるで心を読んだように純霞が言った。

「覚えている？　あなたたち、雪の中に埋もれて行き倒れていたのよ」

「……ここは？」

「クルムの左賢王、シディヴァ様の冬営地《とうえいち》よ」

「クルム……」

記憶を辿る。それは瑞燕国と国境を接する、北方に暮らす遊牧の民《たみ》の名だ。遡《さかのぼ》れば遠い昔には尹《いん》族と同族であり、定住を選んだ尹族とは袂《たもと》を分かった存在だと聞いたことがある。

「私と永祥は、今はここでお世話になってるの。この冬はずっとここに滞在してるわ。そうしたらシディヴァ様が、同じ南人《なんじん》を拾ってきたから世話をしろって。……まさかそれが、あなたとはね」

後宮《こうきゅう》で円恵《えんけい》の毒に倒れて以来、記憶は曖昧《あいまい》だった。ただ、青嘉がいつも傍にいたことは覚えている。その腕の温《ぬく》もりと、そして、北へ北へと向かっていたことも。

「とにかく、あなたは絶対安静が必要よ。身体がひどく弱ってる。――待っていて、医者を呼んでくるから。医者といっても巫覡《ふげき》なのだけど」

「……巫覡？」

「ここでは巫覡が医術を施《ほどこ》すの。あなたが意識を失っている間も、何度か診《み》に来たのよ」

そう言って立ち上がった純霞に、雪媛は小さく声をかけた。

「……その、お腹《なか》」

純霞の腹部は、大きな曲線を描いている。

目を瞬《しばたた》いた純霞は、自分のお腹を見下ろすと愛《いと》おしそうに摩《さす》って微笑んだ。

「子が……？」

「ええ」

後宮の奥深くで、青白い顔と虚《うつ》ろな目で毎日を過ごしていた、あの人形のような皇后。

その面影はどこにもない。

妊娠したからだろうか、以前よりもふっくらとして、顔色もよい。満たされ、命を宿した神々《こうごう》しさを湛《たた》えている。異国の装束《しょうぞく》に身を包んだ彼女は、まったく別人になったようだった。後宮でいつもきっちりと結い上げられていた髪は、ゆるく編み込まれて柔らかに肩から垂れており、その様子が一層彼女を柔和《にゅうわ》に見せている。

「……安皇后」

雪媛は瞼を閉じた。

「柑柑《かんかん》……死なせてしまった」

空気が少しだけ、震えた気がした。その向こうにいる純霞の気持ちが、目に見えずとも伝わるように。

「すまない……」

しばらくの間、純霞は何も言わなかった。突然のことで混乱しているのか、自分を落ち着けようとしているのか、言葉を探しているのか。

「……変な人ね。再会して最初に言うことがそれなの？」

そっと目を開くと、純霞は少し俯《うつむ》いていた。微かに、口許《くちもと》に悲しげな笑みを浮かべている。

「……大事にしてくれていたのね」

「もっと、生きられるはずだった」

自分さえいなければ。

純霞はそれ以上何も言わなかった。そのまま扉に手をかけたので、雪媛は「安皇后」と声をかける。

すると、純霞は振り向いた。

「貴妃、私はもう皇后じゃないのよ。純霞と呼んで」

「………なら、私ももう貴妃ではない」

純霞ははっとして口許に手を当て、苦笑いを浮かべた。

「そうよね。――あなたはここでは元宮女の春蘭、ということになってるわ。柳《りゅう》雪媛であることは伏せてあるから、そのつもりでね。もちろん私も、元皇后だなんてこと誰にも言ってないわ」

純霞が出ていくと、しんと静けさに包まれた。

不思議な気分だった。

やっぱり今までのことがすべて、夢だったように思えた。


純霞が連れてきた巫覡は、なんとも奇妙な恰好の老婆だった。

幾重《いくえ》もの紐《ひも》をつけた烏《からす》の羽のような黒い衣を纏い、胸の前には大きな丸い銅鏡を下げ、それ以外にも小さな鏡をいくつもぶら下げている。小柄な彼女が歩く度《たび》、なんだかいろんなものがぶつかり合う音がする。

老婆は無言で雪媛の脈をとった。そしてその節くれだった細い指で瞼を開き、じろじろと覗き込む。

彼女が何事か呟《つぶや》いた。しかし、共通語ではなかったので聞き取れない。

「口を開けて、と言っているわ」

傍らに付き添っている純霞が通訳してくれた。雪媛は無言で口を開く。

老婆はこれもしげしげと覗き、もういい、というように頷いた。そして、二言三言、純霞に何事か告げると、矍鑠《かくしやく》とした足取りで外へと出ていった。

雪媛はようやく周囲の様子に目を向けた。見たところ、天幕の中にいるようだ。放射線状の木組みが、天井部の中央にある丸い枠に向かって伸びている。ひどく寒いところまで来たのだと思っていたが、大層暖かかった。

中央で燃えている炉には鍋がかけられ、白い湯気を立てている。唐草《からくさ》模様の描かれた扉がついた棚がひとつ、その横には鍵のついた大きな木箱、小さな朱塗りの机、そして雪媛が横たわっている小さな寝台、それが反対側にもうひとつ。床には厚手の絨毯《じゅうたん》が敷いてある。家財と言えそうなものはそれくらいだった。あとは鍋であったり、壺、籠《かご》などが置かれている。

純霞は火箸《ひばし》を手にすると、箱に詰まった黒い固形物を挟んで火にくべ、かき混ぜた。そして鍋の蓋を開けて様子を窺うと、棚から椀を出してきて中身を匙《さじ》で注ぐ。

「薬よ。熱いから気をつけて」

両手で渡されたそれは、とろりとした液体でなんとも奇妙な匂《にお》いがした。

「全部飲むのよ」

なかなか口をつけない雪媛に、純霞が言った。

「苦いけど、我慢して。残念ながら後宮と違って、口直しのお菓子なんてないわよ」

雪媛はじっと純霞を見つめた。

「……何？」

あまりにじろじろとした視線に、居心地が悪そうだ。

「………後宮にいた頃のあなたと、随分《ずいぶん》様子が違うので」

雪媛の知る純霞は、気力を失った抜け殻《がら》のような人だった。すべてに無関心であったし、毎日ぼんやりと猫を抱いて空を眺めているだけ。その覇気のなさが、苛立《いらだ》たしいほどだった。身のまわりの世話は周囲の宮女たちが粛々《しゆくしゆく》と行い、最低限の生存活動を支えていた。その手が動く時といえば、猫を撫でる時くらいだっただろう。

「あなたが異国の言葉を話したり、自分で火の様子を見たり、鍋をかき混ぜたり……人の世話を焼く姿を見るとは思わなかった」

声は弱々しいながらも雪媛の率直な物言いに純霞は目を丸くし、苦笑した。

「そうね。あなたの知っている私は、あの時死んだんだもの」

純霞は雪媛が用意した迷魂散《めいこんさん》を飲んで、仮死状態になり後宮から出た。雪媛がかつて、そうしたように。

「私は変わったのではなく、もとに戻っただけよ。後宮に入るまでは私、お転婆《てんば》のじゃじゃ馬だったんだから。あの頃の私のほうが異常だったのよ」

両手で支えるように持つ器をじっと見つめながら、雪媛はぽつりと言った。

「私は……あなたを見ていると……苛々した」

本当に、そうだった。

「自分の境遇を嘆《なげ》くだけの、受け身で、弱くて、自分で考えて行動する気概《きがい》すら持たないからっぽの人形だと……そう思っていた」

あまりの言いように、純霞は眉を寄せて腰に手を当てる。

「ちょっと。確かに言われてもしょうがないとは思うけれど、それは――」

「でも、あなたはとても強い人だった」

虚を衝《つ》かれたように、純霞はぱちぱちと瞬《まばた》いた。

「今なら……そうだと、わかる……」

幾年も牢獄のような後宮で耐え続けた純霞。雪媛は、ほんのひと月程度で抜け殻になったのに。

「私は――傲慢《ごうまん》だった」

「……あなたも、変わったわね」

寝台の端に腰かけて、純霞が言った。

「私の助言は、役に立たなかったということかしら」

雪媛は、純霞との別れ際《ぎわ》に囁かれた言葉を思い出す。

――気をつけなさい。あなたが青嘉殿を見る目は――わかる者にはわかってしまうわ。

「何があったの？　青嘉殿は、詳しく話さないのよ」

「……すべて、自分に返ってきただけだ」

「え？」

それ以上、雪媛は何も言わなかった。純霞は見かねたように、椀を取り上げて匙に薬を掬《すく》った。

「もう喋《しゃべ》らなくてもいいから、飲んで。そして、寝るのよ」

口許に持っていくが、雪媛は飲もうとしない。

「……いい」

「え？」

「もう………いいんだ」

暗い目で、ぼんやりと空を見つめる。

純霞は困ったように肩を竦めた。

「……あなたって、ぎらぎらした炎みたいだと思ってたわ。近づいたら肌がじりじりして、触れたら焼かれてしまいそう、って。だからあまり関わりたくないと思ってた」

椀を置いて、純霞は立ち上がる。

「これ、なんだかわかる?」

示したのは先ほどの黒い固形物の入った箱だった。火箸でひとつ持ち上げてみせる。

「乾燥した牛の糞《ふん》よ。よく燃えるの。ここには炭なんてないもの」

そう言って、可笑《おか》しそうに笑う。

「最初はね、動物の糞を燃やすなんてどういうこと? って思ったわ。匂いがするんじゃないかしら、そもそも部屋の中にそんなものを置くなんて! って。今、外はきんきんに冷えていて、息も凍りつきそうなほど寒いのよ。でもここはこんなに暖かいでしょう? これのお陰でね」

揺れている炎に目を向ける。それは純霞の頬を橙色《だいだい》に染めていた。健康的で、生き生きとして見えた。

「あなたは、ちょっと炎が大きすぎたわね。大きな火を作りたい時もあるけれど、いつもそれじゃあ燃料切れになるのも当然よ」

その言葉が意外で、雪媛は僅かに瞬《まばた》いた。

「……燃料切れ？」

「薬が嫌なら、お茶はどう？　後宮にあるような高級茶はないけれど」

腕まくりしながら取り出したのは、四角い煉瓦《れんが》のような物体だった。それを割って臼《うす》に入れると、杵《きね》で搗《つ》き始める。どうやらそれが茶葉らしい。細かく砕いたそれを鍋に入れ、ぐつぐつと煮出していく。

その慣れた手つきに、彼女が日常的にそうして茶を淹《い》れていること、ここでは自ら茶を淹れるのも当たり前であることが窺えた。

漉《こ》したそれを椀に注ぐ。

「さーあ。瑞燕国の元皇后が、牛の糞で熾《おこ》した火で淹れたお茶よ」

そう胸を張って椀を差し出す。

「これをあなたに出す日が来るなんて、思ってもみなかったけれど」

雪媛は勢いに圧《お》されて椀を受け取った。自分の分も注いだ純霞は、それを口許に寄せながらはっと何かに気づいたように顔を上げた。

「毒は入ってないわよ！」

彼女が思わずそう言った理由が、雪媛にはわかった。まるであの時、二人で毒入りの酒を一緒に飲んだのと同じような場面に思われたからだろう。

雪媛は何も言わず、椀に口をつけた。

「………」

なんとも形容しがたい表情を浮かべた雪媛に、純霞は笑い声を上げる。

「変な味って思ったでしょ？　言っておきますけど、私の腕前の問題じゃないわよ。今まであなたが飲んでいたお茶とは、全然違うものなの！」

純霞は慣れた様子でこくりと飲む。

「浣紹《かんりよ》は、元気にしている？」

「……琴洛殿《きんらくでん》でよく働いてくれた。気が利《き》いて、芳明《ほうめい》も感心していた」

しかし今は、どうなったかわからない。琴洛殿に仕《つか》えた者たちとは、流刑《るけい》になって以来顔を合わせていなかった。後宮に残っていたとしても、あの騒乱で女たちは皆逃げ出しただろう。無事でいるだろうか。

「柑柑の墓の世話も、よくしてくれていた……」

「そう……。浣紹には、本当に申し訳ないことをしたわ。いつかまた会えたらと、よく思うけれど、正直合わす顔がない……」

「……あなたと永祥は、西域へ行ったと思っていた」

そのための手はずを整えて送り出したのだ。

十年で戻ってくるように、とは言ったものの、もう二度と会うことはないかもしれないとも考えていた。だが、それでもいい、と思った。

柔蕾《じゅうらい》から受け取った想いを、ようやく誰かに継ぐことができたから。

「ええ、あの後、船で真っ直ぐ西域へ向かったわ。それからはいくつかの国を転々として、ここへ来たのは最近なの」

「何故《なぜ》クルムに？」

「私たちが暮らしていた国が、クルムの軍勢に攻め込まれたのよ」

純霞は思い出すように語り始める。

「クルムは今、西の砂漠地帯にある小国を片っ端《ぱし》から攻めて、臣従を誓わせているの。従った国に求めるのは税の徴収と兵の供出だけで、あとは基本的には介入しない。だから彼らが攻め込んできた時に、私たちが身を寄せていた国の王はあっさり降伏したの。その時軍勢を率いていたのがクルムの左賢王シディヴァ様。それで、まぁ、いろいろとあって——永祥が何故かシディヴァ様に気に入られて、永祥もクルムの製鉄技術や遊牧文化に興味を持ってね。彼が調査研究できる環境と資金をいくらでも用意すると言われて、ここまでやってきたのよ」

「その左賢王が、ここに？」

「ええ。このユルタ――天幕のことだけど、家財一式、永祥と私のために用意してくれたの。永祥はここことは別にもう一つ研究用のユルタも貰《もら》ったから、大抵はそっちにいるわ。書物やら標本やらでいっぱいよ。あなたが元気になったらシディヴァ様にきちんと挨拶《あいさつ》に行かないとね。シディヴァ様ご自身が、行き倒れていたあなたと青嘉殿を雪の中から助け出して、ここまで運んでくださったのよ」

雪媛は記憶を辿った。玉瑛であった頃の記憶。

クルムに関する記述は史書の中に多くはない。だがこの時代、勢力を伸ばすクルムと幾度か国境付近で争いが起き、瑞燕国が敗北していたはずだ。それほど軍事力の高い国であり、破竹《はちく》の勢いで版図《はんと》を広げていた。

だがやがて、内紛により勢力が弱まり、玉瑛の生きた時代にはほとんど名も聞かない存在となっていた。

（クルムが弱体化したきっかけは確か――左賢王の死）

武勇に秀《ひい》で、天性の戦上手《いくさじょうず》と謳《うた》われた左賢王だが、暗殺されたと史書には伝わっていた。

その左賢王が今、この地にいる。

コンコン、と扉を叩く音が響いた。

「――純霞」

「入っていいわよ、大丈夫」

顔を覗かせたのは、葉永祥だった。そしてその後ろから青嘉が姿を現す。

寝台の上の雪媛を見て、永祥はぱっと破顔《はがん》した。

「永祥……」

「お久しぶりです、雪媛様」

永祥は膝を折り、拱手《きょうしゅ》の礼を取った。

「ご無事でよかった」

永祥もまた、以前会った時とは別人に見えた。

世捨て人のように面窶《おもやつ》れしていた顔は幾分肉付きがよく健康的になっており、表情も柔らかい。純霞同様にクルムの厚い衣を着ており、ぼさぼさの髪は無造作にひとつに束ね、暖かそうな帽子を被っている。これが科挙で最年少状元《じょうげん》となった秀才とは、誰も思わないだろう。

青嘉が雪媛の傍に寄り、

「気分はいかがですか」

と尋ねる。

「永祥殿のお陰で、冬の間はここで過ごすことができそうです。身体もゆっくり休められます」

青嘉の肩から腕にかけて、包帯がぐるぐると巻かれていた。青嘉が雪媛を連れて逃げる間に、幾度か剣を手に戦ったことは認識していた。しかし、見れば青嘉は左側の腕をまったく動かせないでいるようだった。

雪媛の視線に気づいたのか、永祥が「ああ、これは」と声を上げる。

「クルムの戦士と決闘をされたんですよ、青嘉殿は」

「決闘……？」

「シディヴァ様は強い者には敬意を払いますから。青嘉殿は見事な勝利をおさめましたので、丁重に扱われていますよ。ですからここへ滞在する間、お二人の身柄については心配いりません。安心して休んでください」

じっと青嘉を見上げる。

二人で逃げ続ける間も、あまり言葉を交わした記憶はない。

「――大した怪我ではありませんので」

そう言う青嘉に、雪媛は僅かに頷いた。

「お茶を淹れたところなのよ。飲む？」

純霞が二人に座るように勧《すす》めて、椀に茶を注いだ。青嘉が遠慮がちにそれを恭《うやうや》しくに押しいただくので、純霞が笑った。

「そんなに畏《かしこ》まらないでちょうだい」

「ですが、皇后様の――いえ、純霞様に手ずからいただいたからには」

「そんな態度じゃ、私の正体も雪媛の正体もばれてしまうわよ。普通にして！　――あと、様付けはやめてね。私は瑞燕国の下級役人の娘ということになっているんだから」

「……申し訳ありません」

純霞が座ろうとすると、永祥が自然に手を伸ばし、身重の彼女を労《いたわ》るように支えてゆっくりと腰を下ろさせた。そのなんということのないやり取りに、二人の仲睦《なかむつ》まじさを感じる。

「明日、青嘉殿と話がしたい、とユスフ殿が仰《おつしや》っています」

永祥が言った。

「ユスフ……あの、左賢王の傍にいた男ですか？」

「ええ、彼はシディヴァ様の右腕で、実務面を取り仕切っています。雪で閉ざされている今、他国の情勢を知る術《すべ》があるなら逃しません。青嘉殿と雪媛様は、瑞燕国について最も確かな最新の情報を持つと認識されていますので、話を聞きたいようです。瑞燕国の情勢については、クルムでも現状、はっきりとは把握できていないようですから。内乱が起きたようだ――というところまでは伝わっていますが」

永祥はちら、と雪媛の様子を窺う。

「どこまでの事実を彼らに提供するかは、雪媛様と青嘉殿のご判断にお任せします。……ですが、何があったのか、僕たちには本当のことを教えていただけませんか」

純霞も頷いた。

「私たちが彼らに情報を渡すことはないと約束するわ。私も永祥も、ここに客人という形で世話になっているけれど、彼らの臣下になったわけではない。自分で捨てたとはいえ、一時でも私は瑞燕国の皇后でした。祖国を想わないわけではないわ」

青嘉は問うように雪媛に視線を向けた。

どこまで語ろうか、と躊躇《ためら》っているように見えた。

「……全部話せばいい」

雪媛は呟《つぶや》いた。

「私が蒔《ま》いた火種だと」

その言葉に、純霞と永祥が怪訝《けげん》な顔をする。

青嘉が咎《とが》めるように声を上げたが、雪媛は視線を逸《そ》らし口を噤《つぐ》んだ。

「雪媛様！」

仕方がなさそうに、青嘉が語り始める。

「……中秋節《ちゆうしゆうせつ》の折、環王《かんおう》が軍勢を率いて都へ攻め寄せたのです。重臣や仙騎軍《せんきぐん》にも内応者が多数出て、皇宮《こうぐう》の奥深くまで兵が攻め込みました。陛下は雪媛様を連れて逃げ出そうとされましたが、途中ではぐれ、私が雪媛様を皇宮から連れ出しました。私たちはそのまま田州《でんしゆう》へ向かったので、都がその後どうなったのか、伝聞でしか知りません。情報は錯綜《さくそう》していました。環王が都を占拠し陛下が囚《とら》われた、もしくは陛下は都を脱出した――あるいは、陛下は討たれて新たに環王が皇帝に立った――という話も」

「……環王が」

純霞が険しい表情を浮かべた。碧成の皇后であった彼女であれば、義弟《おとうと》でもある環王とは面識があっただろう。

「皇帝の命《めい》を受けたと称する者たちが、雪媛様を探しに幾度も現れました。陛下が存命で雪媛様を探しているのか、あるいは環王の差し金であれば、正統な皇帝となるために神女としての雪媛様の存在を欲《ほっ》しているのでしょう。いずれにしても、雪媛様にとって身の危険があると判断して、そうした追っ手から逃れて――結果、ここへ」

「ですが、環王はともかく皇帝陛下が雪媛様を探しているのであれば、逃げる必要はなかったのでは？　陛下がご無事であれば、正統性は間違いなくそちらにあるのですから」

永祥が首を傾《かし》げる。

「それは……」

「……陛下は、変わられた」

言い淀《よど》む青嘉を遮《さえぎ》り、雪媛は言った。

「もう、かつての陛下ではない」

「どういうこと？」

純霞が眉を寄せた。

彼女は碧成《へきせい》の妻であった間、彼とはほとんど顔を合わせなかったであろうが、それでも長い間近くにあっただけにその為人《ひととなり》はある程度知っているだろう。その彼女が知る碧成と、現在の碧成には大きな差異がある。

「人の命を……塵《ちり》のように扱う人になってしまわれた」

「え？」

「……私が、そうさせた」

「雪媛様、違います」

青嘉が声を上げた。

「きっかけを作ったのは――責めを負うべきは、むしろ私です」

互いにそれきり口を噤む。

二人のただならぬ様子に、純霞と永祥は目を見合わせた。

「……今日のところはこれくらいにしましょう。雪媛、疲れたんじゃない？」

純霞が雪媛を寝台へと横たわらせる。永祥は立ち上がった。

「雪媛様、僕はこれで。青嘉殿は僕のユルタに滞在していますので、何かあれば呼んでください」

「青嘉殿、私がちゃんとついているから安心して」

「……はい」

雪媛は寝返りを打ち、青嘉に背を向ける。

二人が出ていき、扉が軋んだ音を立てて閉まるのを、黙ってじっと聞いていた。

三章

風の音が聞こえる。

身体がひどく重い。寝台の上で、雪媛《せつえん》は目を瞑《つぶ》りながら大地を吹き抜けていくその音に耳を澄ませる。このユルタから出ることなく、もう七日が過ぎていた。外の様子は音でしかわからない。

時折、羊や山羊《やぎ》、牛に馬など、家畜たちの鳴き声が遠くから流れてくる。朝は特によく聞こえた。

寒風が吹き、凍《こご》える冷たさであろう外の世界とを隔《へだ》てるのは、厚い壁ではなく羊毛で作られた布だ。堅固な造りの皇宮《こうぐう》での暮らしと比較すれば甚《はなは》だ心許《こころもと》ないが、内部は不思議なほど暖かい。時々、純霞《じゅんか》が燃料を追加して火を絶やさないようにしている。

そっと瞼《まぶた》を押し上げた。

純霞は反対側の寝台に腰かけて、縫い物をしているようだった。彼女の他にここで見る顔といえば、毎日様子を見にやってくる永祥《えいしょう》と青嘉《せいか》、あとは巫覡《ふげき》の老婆だけだ。

「……産着《うぶぎ》か？」

雪媛が尋《たず》ねると、純霞が顔を上げた。

「ええ、そうよ」

たどたどしく針を動かしていた純霞は、途端に「痛っ！」と顔をしかめた。指に針を刺したらしい。大きくため息をついて肩を落とす。

「私、裁縫は苦手なのよね……でもここでは、自分で用意する他ないし……」

「……見せて」

純霞は少し意外そうな顔をして、縫いかけの白い布を雪媛に差し出した。

確かに、縫い目が揃《そろ》っておらずなかなか不格好な出来栄《できば》えだ。

「少し直しても？」

「え？　ええ……」

雪媛は糸の一部をほどき、針を手にするとすいすいと縫い始めた。その流れるような手つきに、純霞が感心したように見入る。

「上手ねぇ……」

玉瑛《ぎょくえい》は自分で自分の衣《ころも》を仕立てたし、言いつけられた縫い物も山のようにしたものだ。

雪媛となってからも、後宮《こうきゅう》の女の嗜《たしな》みとして雅《みやび》で凝《こ》った装飾の刺繡《ししゅう》の修練に励んだ。これくらいはできて当然だ。

「――どうぞ」

直し終えると、純霞に返してやる。縫い直された部分をかえすがえす眺め、純霞は嘆息した。

「全然私と違うわ……どうしてそんなに早く綺麗にできるの？」

「慣れだ」

「私はいつまで経《た》っても慣れないわ……。これからが不安よ。この子が大きくなったら、きっとへたくそな縫い取りの衣を恥ずかしがるわね」

「……母親が愛情をこめて縫うほうが重要だろう」

雪媛の呟《つぶや》きに、純霞は瞬《まばた》いた。

そして、「そうね」と少し頰を染めて微笑んだ。

雪媛は秋海《しゅうかい》を思い出していた。無事だとは聞いたものの、結局再会できないままに国を出てきてしまった。今頃どうしているだろうか。あの内乱が、彼女がいる土地まで影響を及ぼしているかもしれない。

（江良《こうりょう》がいる……きっと守ってくれるはずだ）

ただ、彼もまた無事でいるとは限らない。

戻るべきなのだろうか、と雪媛は自問した。すべての元凶は自分だ。蒔《ま》いた種から生じた禍《わざわ》いの芽を摘《つ》み取る責任がある。

だが弱った身体に引きずられるように、心はひどく萎《な》えていた。

純霞は雪媛を炎のようだと言ったが、そうであれば今の自分は完全に火の気を失った燃え滓《かす》だった。これほどに歴史が変わってしまえば、もはや未来を知っているという強みも通用しない。一体、戻って何ができるというのだろう。

扉を叩く音がした。純霞が返事をして、巫覡の老婆を迎え入れる。

彼女は毎日雪媛を診《み》にやってきた。左賢王《さけんおう》から命じられているのだという。

寝台へと近づくと雪媛の額《ひたい》に手を当て、腕を取って脈を探った。老婆からはいつも、不思議な香の匂《にお》いがした。

彼女は純霞に向かって何事か囁《ささや》く。

雪媛には彼らの言葉はわからないので、やり取りするのはいつも純霞だった。純霞によると、彼女も完璧にわかるわけではなくまだ勉強中だという。

「薬をちゃんと飲んでいないだろう、って」

純霞が訳しながら肩を竦《すく》めた。

実際、雪媛は薬も食事も僅《わず》かしか口にしていない。

身体が何も欲《ほっ》さないし、この身を回復させることすら億劫《おっくう》だった。

――あなたは、ここで絶望し蹲《うずくま》るためにあるのですか。

江良の言葉が、脳裏をよぎった。

(でも先生。起き上がったところで、私はどうすればいいの)

老婆はぎょろりとした目を見開いて、じっと雪媛を見つめた。正確には、その肩越しに何かを見ているように思えた。

彼女は低い声で、何事か呟《つぶや》いた。

「……え?」

純霞が首を傾《かし》げた。

懐《ふところ》を探って小さな包みを取り出し純霞に渡すと、さらに二言三言加えて、老婆は出ていってしまった。

「……彼女はなんて?」

「この薬を飲ませるように、って。丸薬《がんやく》ね。これなら飲めそう?」

純霞は包みを開いて雪媛に見せた。

「その前にも、何か言っていたようだが」

「ああ……そうね。でも、ちょっと意味がよくわからなくて……」

少し悩むように眉を寄せる。

「私の語学力の問題かしら……なんだか変なことを言っていたわ」

「半年でそれだけ話せていれば上出来だろう」

「あら、まだ全然よ。永祥なんてもうすっかりぺらぺらなの。どこの国に行ってもすぐに覚えちゃうんだから。あの頭の造り、分けてほしいわ！　最近は辞書を見つけたら片っ端《ぱし》から買い込んで、文字や言語の研究にも夢中なのよ」

「……私にも、ここの言葉を教えてくれないか」

「え？」

「いつもあなたに訳してもらわなければ、やりとりもできない。自分でも理解できるようにしたい」

するとと純霞は少し嬉しそうに笑った。

「ええ、いいわよ」

再び扉を叩く音が聞こえた。

「永祥かしら？」

純霞が応対に向かう。扉を開けた純霞は「あっ」と声を上げた。

「──邪魔をする」

姿を見せたのは眼帯をした女と、金の巻き髪を持つ少女だった。

眼帯の女が部屋の中を見回し、雪媛にその隻眼《せきがん》を向けた。雪媛を庇《かば》うように間に身を割り込ませた純霞は、畏《かしこ》まって膝《ひざ》をついた。

「シ、シディヴァ様……あの、どのようなご用で……」

「楽にしていろ。腹の子に障《さわ》る」

共通語でそう言って女は純霞を立たせた。

(──シディヴァ？　これが左賢王？)

雪媛は意外さに打たれた。

(………女)

青嘉も、純霞も永祥も、シディヴァの話題はいくらか口にしたが、女であるとは聞いた覚えはない。それで当たり前のように、男であると思っていた。

「そちらの女に用があって来たのだ」

雪媛に向かって顎《あご》をしゃくる。

萎えた足で、雪媛は寝台から降りた。純霞が慌《あわ》てて支える。

「……左賢王様」

身体が重い。それでも、横たわったままではあまりに非礼だろう。

「ご挨拶《あいさつ》が遅くなり、大変失礼いたしました。お助けくださいましたこと、心より感謝申し上げます」

並んでみると、シディヴァの身長は雪媛とあまり変わらず、そう大きくはない。だが、しっかりとした重量と、厚みを感じさせる気迫がある。

「俺は運んだだけだ。礼ならこのナスリーンに言うんだな。助けろとうるさくて」

シディヴァの腕に抱きつくようにしていた金髪の少女が、上目遣《うわめづか》いににこっと微笑みかけてくる。人懐《ひとなつ》っこそうな笑顔だった。

「……感謝いたします、ナスリーン様。お陰で命拾いをいたしました」

こちらは共通語がわからないらしく、窺《うかが》うようにシディヴァを見た。

訳してやっているのだろう、シディヴァが何か言うと、ナスリーンは笑って首を横に振って口を開く。

「当然のことです。それに、私は見返りをもらいに来ました――と言っているわ」

純霞が言った。

「見返り？」

「何かおもしろい話を聞かせてやってくれ」

シディヴァは少し眉を寄せた。

「この娘は冬の生活に飽きて、娯楽に飢えてるんだ。どこかへ連れていけだの、うるさくてかなわん」

「話……ですか」

期待に満ちた青い目が、輝きを放ちながらこちらに向けられている。

「特にお前たちの駆け落ち話に興味があるそうだ」

「……ですが、彼女とは言葉が……」

「純霞が訳せるだろう。難しければ永祥に。それに、ちょうどいいからナスリーンにお前たちの言葉を教えてくれ。今後、使うこともあるだろう」

「シディヴァ様、あの、春蘭《しゅんらん》はまだ体調が……」

純霞が言いかけたが、シディヴァはナスリーンに何事か声をかけるとそのまま出ていってしまった。

残されたナスリーンはうきうきとした表情でそれを見送り、くるりと振り返って雪媛に向き合った。

「嬉しいわ、ずっとあなたとお話ししたいと思っていたの！　でも寝込んでいるからだめだってシディが……。青嘉に話を聞こうと思ったんだけど、彼って全然面白いことを喋《しゃべ》らないんだもの！　それで今日は、ツェレンがちょっとくらいならいいって言うから来てみたのよ！」

一気に捲《まく》し立てた言葉を、純霞がたどたどしく通訳した。

「ツェレン？」

「あの巫覡の名前よ」

純霞が言い添えた。

「ああ……」

「あ、ごめんなさい！　どうぞ座って！　横になっていて構わないから！」

雪媛は純霞に支えられながら寝台に腰かけた。

「大丈夫？」

「少しなら」

純霞は心配そうにしながらも、ナスリーンに茶を出してもてなした。

「ありがとう」

にこにこと椀を受け取るナスリーンの髪は、炉の明かりに照らされて赤銅《しゃくどう》色に輝いている。都を訪れる西域《せいいき》の商人や踊り子、それに雪媛の村の住人にもこうした明るい髪色を持つ者はいたが、ナスリーンの巻毛は今まで見た誰よりも美しいと思った。

「ナスリーン、知っていると思うけれど、私あまり言葉が上手《うま》くないわ」

「あら純霞、そんなこと。私はここへ来て二年になるけれど、今でも時々言葉に困ることがあるわ。そう変わらないわよ」

「……失礼ですが、ナスリーン様はどちらのお生まれですか？」

雪媛が尋ねる。

「変に畏まらないで。ナスリーンって呼んでね。私はタンギラの生まれよ」

「タンギラ……砂漠の向こうの？」

オアシス都市として栄えている小さな国だったと記憶している。金孟《きんもう》がそこの商人と取引をしたことがあったはずだ。

「ええ。今ではクルムの属国。シディが攻めてきた時、私の父があっさり降伏したのよ」

「ナスリーンは、タンギラの王女だったの」

純霞が説明を加えた。

「王女？　それがどうしてここへ？」

「シディヴァに嫁《とつ》いできたのよ」

その言葉に、雪媛はぽかんとした。

「誤訳か？」

「いいえ、合ってるわ」

苦笑しながら純霞が言った。

「……クルムでは女同士で婚姻する習慣が？」

「違う違う！」

手を振って、けらけらとナスリーンは笑う。

「私の父――タンギラ王は降伏を決めてすぐさま服属の証《あかし》としてシディに貢《みつ》ぎ物をしたのよ。希少な香辛料《こうしんりょう》に、黄金に、玉《ぎょく》やら絹やら……そのうちの一つが私。シディは街に入らないで外に陣を張っていて誰も顔を見てなかったものだから、当然男だと思っていたってわけ。それで正式な降伏の使者が、私を連れて陣に入ってみたら……」

思い出すとおかしくてたまらない様子だ。

「使者は青ざめてたし、私だって真っ青だったと思うわ！　クルムの陣営はみんな大爆笑して、シディは苦虫を噛み潰《つぶ》したような顔で私を見るし……詰んだ、殺される、って思ったわよね。お父様もただではすまないわ〜って！」

でもね、とナスリーンは笑う。

「お父様はあっさりと負けを認めて、娘を献上品として敵に送りつけたんだもの。ざまぁみろ！　天罰よ！　ってちょっとすっきりしたわ！」

雪媛は、自分が初めて後宮へ入った時のことを思い出していた。尹《いん》族からの貢ぎ物として差し出され、物としてやりとりされるだけだった頃。

「……でも、今あなたはこうして無事なのですね」

「シディがすぐに私を父のもとへ送り返そうとしたから、絶対嫌って居座ったの。だって、戻れば国中の笑い者よ。それに、タンギラとしてもとんでもない粗相を働いたという事実が残ってしまうじゃないの。だから、私はあなたの妻になりに来たのだから帰りません！ってしがみついたわ」

「それで……本当に妻になったと？」

「ふふふ」

ナスリーンは嬉しそうに微笑みながら、両手を頬に当てた。

「シディってああ見えて優しいのよ！　それに〜、強くて〜かっこよくて〜。世界中探したって、男でもあんな素敵な人いやしないわ！」

「もちろん、婚姻しているわけではないわ。なんだかんだで妹みたいに可愛がられてるのは確かだけど。シディヴァ様としては、いつかナスリーンにきちんとした夫を見つけて、結婚させてあげるつもりみたい」

訳しながら、純霞がそう付け加えた。

「でもナスリーンは、左賢王の妻を自称して憚《はばか》らないの。もうシディヴァ様も呆《あき》れて何も言わないし、クルムでは誰も突っ込んだりせずに、そういうことにしてるわ」

くすりと純霞は笑う。

「私も家の事情でいやいや後宮に送り出された身だけれど……ナスリーンを見ていると不思議な感じがするわね」

「ああ、私が話してばかりになっちゃったわ！　ねぇ、あなたのお話を聞かせて！　青嘉とはどこで知り合ったの？　どうして逃げようと思ったの？　皇帝ってどんな人？　後宮ってどんな感じ？」

矢継ぎ早に問われて、雪媛と純霞は顔を見合わせる。

青嘉がシディヴァの前で話した、偽《にせ》の筋書きについては聞かされていた。雪媛は春蘭という宮女で、皇帝が彼女を気に入って召し出そうとしたところ、内乱が起きたのでその混乱に乗じて逃げ出してきたのだ――と。

実際にそれを信じてもらえたのかはさておき、表向きはそういうことになっているのだ。話を合わせる必要がある。

「……青嘉とは……」

雪媛は思い出す。初めて会った日。

頬傷の老将軍。

「初めて会ったのは、ある……竹林でした」

「竹！　知ってるわ！　このあたりにはない、珍しい植物よね！　竹細工は見たことがあるけれど、実際に生えている竹を見たことはないのよ。すごく丈夫なんでしょう？」

「ええ。竹はとても背が高いのです。固いですがよくしなります。あの夜も、風に揺れる竹がひどく騒《ざわ》めいて……天に向かって突き立てられたような竹が、私を取り囲んで……牢獄のようでした」

純霞が訳しながら、怪訝《けげん》な顔をするのがわかった。

「青嘉は……私を殺そうとやってきたのです」

それを聞いて、ナスリーンは瞳を瞬《しばたた》かせた。

「どうして？」

「さぁ……」

柳《りゅう》雪媛のせいだ、と思った。全部、あの女が悪いのだと。

しかし今なら、もう一人の柳雪媛が何を想い、どうしてあの末路に行きついたのか、理解できる気がする。

「私にもわかりません。どうして私たちが、追われなくてはいけなかったのか……」

あれがすべての始まりだった。

だが今ではもう、遥《はる》か遠い昔のことに思えてくる。まだ、起きてもいない未来の出来事。

「だから、青嘉と次に会った時、私は——殺してやろうと思っていたんです」

「……春蘭、顔色が悪いわ。今日はもうやめましょう。ナスリーン、ごめんなさい。続きはまた今度にしても？」

遮《さえぎ》るように純霞が言った。ナスリーンも心配そうに雪媛の様子を窺う。

「わかったわ。——春蘭、またお話を聞かせてちょうだい」

「……ええ」

するとナスリーンはぱっと雪媛の手を摑んだ。驚く雪媛には構わず、両手で包むようにしてにっこりと微笑む。

「春になったら、綺麗な花が咲く場所があるの。連れていってあげるわ！　だから早く元気になって！」

小さな手だった。ほっそりとして、でもとても温かい。

その笑顔に、ふと柔蕾《じゅうらい》を思い出す。

「……ありがとう」

「じゃ、今度はおいしいお菓子を持ってくるわね！」

ひらひらと手を振ってナスリーンが出ていく。それと入れ替わるように、永祥と青嘉が顔を覗かせた。

青嘉は永祥と似たような仕立ての、厚手の衣を纏《まと》っている。

「今のは、ナスリーン？」

「雪媛にお話を聞かせてほしいとやってきたのよ。青嘉殿は話し下手《べた》だから、って」

「あの娘を楽しませるような話術は、私にはありません」

憮然《ぶぜん》とした表情の青嘉に純霞は笑う。

「永祥、ちょっと。――青嘉殿、私たち少し出てくるから、ここで雪媛についていてくれる？　すぐに戻るわ」

「――はい」

「それからこれ、薬よ。雪媛に飲ませてちょうだい。――ちゃんと飲むのよ、雪媛」

そう言って青嘉に薬の入った袋を手渡すと、雪媛に釘を刺して純霞は永祥とともに外へと出ていってしまった。


「どうしたの？」

雪の上を歩く純霞が転んだりしないように手を取って支えながら、永祥は尋ねた。空気は冷え切っているが、雪は降っていない。

遠くで、羊の群れがゆっくりと移動しているのが見えた。雪が積もっていても、彼らはそれを掘り返し、草を食《は》む。

ユルタが小さく見える程度に遠ざかると、純霞が足を止めた。

「ねぇ、この言葉ってどういう意味？」

そう言って純霞は、クルムの言語を口にした。白い息が流れていく。

「……『血まみれの娘が見ている。逃げられない』？」

「やっぱり、そうよね……」

「そんな物騒な言葉、どこで聞いたの？」

「巫覡よ。ツェレンがそう言ったの。雪媛の顔を見て――」

永祥は考えるように首を傾げた。

「僕は、巫覡というのは本当に霊能力を持つわけではなく、単に人々の心のよりどころとなる知者だと思ってる。予言めいた物言いも、立場上求められる需要に応《こた》えているだけだよ」

「でも、病人を見てそんなこと言うかしら？　雪媛は言葉もわからないのに……私に聞かせてどうするのよ」

「うーん……」

二人は振り返り、雪媛と青嘉のいるユルタを遠目に仰ぐ。

「あの二人、ここへ来てからほとんど話してないわね」

「雪媛様と青嘉殿？」

「うん」

「それで出てきたの？　気を利かせて？」

「ちゃんと話したほうがいいと思って。さっきも、なんだか雪媛の様子がおかしかったし……」

あの話はどこまで本当なのだろう。

二人の出会いは後宮でのことだと思っていたが、それ以前に会ったことがあったのだろうか。そうだとしても、青嘉が雪媛を殺そうとするなど、にわかには信じがたい。

（ナスリーンを煙《けむ》に巻くために、適当な話をしただけだとは思うけど……）

「雪媛と青嘉殿って、瑞燕国《ずいえんこく》から逃げてきたとはいっても、私たちみたいに駆け落ちしてきたという感じではないのよね……」

「僕はてっきり、君が僕と二人きりになりたいから外へ誘い出したのかと思ったのに」

純霞は瞬いて、少し間を置いて頬を染めた。

「……それも、なくはないわ」

永祥が笑う。

純霞を抱きしめながら、お腹《なか》を優しく撫でた。

「子どもの育成についての本によるとね、お腹にいる頃から子どもは耳が聞こえているんだって。今のうちに綺麗な歌や楽しい話を聞かせておかなくちゃ」

「本当？　私はお腹にいた頃のことなんて覚えていないけど」

「あとね、赤ん坊はあんまり洗わないほうがいいらしいよ」

「その本、誰が書いたの？」

二人は笑い合いながら、ゆっくりと雪道を歩いていった。


「気分はいかがですか」

「…………よくは、ない」

青嘉が水を注いだ椀と薬を差し出すと、雪媛は顔を背《そむ》けた。

「お飲みください」

「置いておけ。後で飲む」

「いいえ。飲むのを見届けます。純霞様にも命じられましたので」

「…………」

それでも雪媛は、頑《かたく》なに顔を背けている。

「――失礼します」

青嘉は雪媛の顎に手をかけ、顔を上げさせた。

驚いた様子の雪媛が少しだけ口を開いた瞬間、もう片方の手で丸薬を押し込む。雪媛の舌が僅かに指に絡《から》んだ。

「ゆっくり噛み砕いてください」

雪媛は眉を寄せ、少し頬を膨《ふく》らませた。やがて、咀嚼《そしゃく》するように唇が小さく動く。

「水です」

不満そうなまま、雪媛は水を口に含んでこくりと飲み下す。じろりと睨《にら》まれたので、青嘉は苦笑した。

「山査子《さんざし》の砂糖漬けは、こうして食べさせろと仰《おつしや》ったじゃないですか」

それも、随分《ずいぶん》と昔のことに思える。

雪媛は顔を逸らすと、丸くなって瞼を閉じた。青嘉は寝台に背を預けるように、その傍《かたわ》らに腰を下ろす。

雪媛は都を出て以来口数が少ない。ただ、ここへやってきて純霞や永祥と話す雪媛を見ているると、特に青嘉に対してはほとんど口をきかないのだ、と気づかされる。

勝手に都から連れ出し、さらにはこんな辺境まで逃げてきたことを、内心では怒っているのかもしれない。

「……声が」

「はい？」

「羊や……馬の鳴き声がする」

「ああ……はい、たくさんいますよ。遊牧生活が基本のクルムにとって家畜は宝です。さすが左賢王の冬営地《とうえいち》とあって、数も多い」

食事も家畜の肉が中心だ。冬が来る前に捌《さば》いて保存していた肉を、焼くか茶に混ぜて汁物のように食べたりする。一方で、春になれば搾乳《さくにゅう》が頻繁《ひんぱん》に行われるので、乳製品が主食になると聞いた。

「食事が口に合わないようでしたら、私が掛け合ってみます。肉ばかりでは、弱った体には重いでしょう。どうにかして食材を――」

「何も、欲しくないんだ」

雪媛の細い腕が、袖《そで》から僅かに覗《のぞ》いている。

もともと細いほうだが、都を出て以来一層際立《きわだ》つ。小さな寝台の上で丸くなる姿は、水を失った魚のように生気がなかった。

「――雪媛様、少し外へ出ませんか」

「え?」

言うや否《いな》や、青嘉は雪媛の身体を布団に包んだまま抱《かか》え上げた。

ひどく軽かった。

「おい」

非難めいた声を無視して、外へ出る。

「お前、腕の傷がまだ――」

「平気です」

扉を開けた途端、冷たい空気が身体を包んだ。雪媛が寒くないよう、しっかりと抱え直す。

シディヴァの冬営地は、背後に山が聳《そび》えた窪地《くぼち》に構えられていた。白いユルタが幾重《いくえ》にも並び、それが主《おも》な居住区画である。さらにいくつか、煉瓦《れんが》造りの小屋も立てられていた。倉庫になっていたり、厨房《ちゅうぼう》として使われているものもある。

その先には家畜用の囲いが見渡せる。夜になれば、放牧から戻ってきた羊や山羊がそこへ入れられた。その横を通り過ぎ、数人の若者が馬に乗って出ていくのが見えた。

空は雲に覆《おお》われ、少しくすんだ白色に見えた。

雪は降っていない。風もない。

「寒くありませんか」

雪媛は小さく頷いた。

彼女が吐いた息が、綿雲のように白く浮かんで消える。

青嘉はゆっくりと、雪媛の身体を労《いたわ》るように歩を進めた。居住区を出て、何もないまっさらな平原を目指す。

ざくざくと、雪を踏む音ばかりが響いた。

雲間から仄《ほの》かに日の光が差し込んでくる。降り積もった白雪が、輝くように照らし出された。雪媛が少し眩しそうに目を眇《すが》める。空との境界線が消えて、眼前の世界は天も地も白に溶けたようだ。

逃げ続け、雪媛を背負って雪の中を歩き続けた時には、行く手を阻《はば》むこの雪をただただ恨めしく恐ろしくも思ったが、今こうして見るとため息が出そうなほどに美しい。

幼い少年が二人、馬に乗って駆けている姿が見えた。真っ白な平原を、その影だけが浮かび上がるように一直線に突き進んでいく。雪媛はその姿をじっと見つめていた。

　びゅうと冷たい風が吹きつけた。

　雪媛を庇うように、胸元に抱き寄せる。

「冷えますね。もう戻りましょうか？」

「……寒くは、ない」

　青嘉の温《ぬく》もりを求めるように肩に頭を預けて、雪媛は身を寄せた。そのまま、青嘉はしばらく周囲をゆっくりと歩いた。

「……毒を飲んで倒れて以来、記憶が曖昧《あいまい》だ」

「……はい」

「でも、この体温は覚えてる」

　雪媛は瞼を閉じる。

　伝わってくる温もりを、じっと感じ取るように。

「もう、死んだのかと何度か思った。……でもお前が傍にいると感じたから、まだ生きているんだとわかった」

「……私の勝手な判断で、国を出たことをお怒りですか」

「お前が道に迷うのはいつものことだ」

雪媛は青嘉の襟《えり》を軽く引いた。

「少し……屈《かが》め」

「え？」

「雪に触れたい」

青嘉が屈《かが》むと、雪媛は地面に手を垂らすように伸ばし、白く冷たい塊《かたまり》を掬《すく》い上げる。

掌《てのひら》の上で、雪は僅かに溶けた。

雪媛はじっとそれを見つめる。

やがて、残った雪の欠片に唇を寄せた。

ひやりとした感触を確かめるように、雪媛は目を瞑る。

「……私が生まれた日、朝から初雪が降って……だから父が『雪媛』と名づけたと聞いた。安直だな」

「――よい名です」

雪媛によく似合う――と、青嘉は思った。

今まではあまり、そう考えたことはなかった。どちらかといえば炎のように、燃えるような緋の色がしっくりくると感じていた。

だが目の前で輝く雪の純白は、彼女を最も引き立たせている。対比するような黒髪と赤味の差した頬が、鮮やかに浮かんで見えた。

彼女の苛烈《かれつ》すぎる側面ばかりに目を奪われて、ずっと惑《まど》わされていたのかもしれない。

雪媛は掌に残った雪を、はらはらと地面に降らせるように落とす。

「あら。二人とも外に出ていたの？」

純霞が手を振って、永祥と一緒にこちらへやってくるのが見えた。

「大丈夫？　寒くない？」

「平気だ。――そろそろ戻る」

「一緒に行きましょう。さっき永祥に聞いたのだけど、青嘉殿がユルタの見分けがつかなくて、一人だと別のユルタに迷い込んでしまうんですって。心配だわ」

雪媛は冷めた視線を青嘉に送る。

「……だろうな」

「いえ、今回ばかりは反論させていただきますが、ユルタはどれも見た目が同じなので慣れない者にはわかりにくいのです！」

「何が今回ばかりは、だ」

「いやー、この間なんて青嘉殿がユスフ殿のユルタへ行くと言って出ていったと思ったら、若いお嫁さんが一人でいるユルタへ間違って入ってしまったんですよ。戻ってきた旦那さんが青嘉殿に斬りかかって、大変でした」

　永祥が思い出したように笑う。

　雪媛のさらに冷たい視線が痛い。

「だ、断じて故意では……」

「それじゃあ、何か入り口に目印を出しておきましょうか。あんまりうろうろすると、シディヴァ様にまた間者《かんじゃ》か何かだと疑われるかもしれないもの。今だって、まだあなたたちは警戒されているんだから」

「……お願いします」

「あっ――」

　唐突に純霞が声を上げて、お腹を抱えるように立ち止まった。

「えっ、どうしたの純霞。どこか痛む？」

　慌てて永祥が彼女を支える。

「……動いた」

「え？」

「この子よ。今、動いたの！」

　純霞が朗《ほが》らかに微笑んだ。「本当？」と永祥が目を輝かせて腹部の膨らみに手を当てる。

その光景を青嘉は静かに、感慨深く眺めた。

安皇后は生涯子どもを持たず、ひっそりと後宮の片隅で影のように暮らした。それが、青嘉の知る本来の歴史だ。

「……雪媛様がいなければ、こんな風景は生まれませんでした」

思わず、そう呟く。

雪媛は何も言わなかった。

それでも、少し眩しそうに二人の姿を見つめていた。

四章

雪媛《せつえん》と純霞《じゅんか》の暮らすユルタには、揚げ菓子を山盛りにした皿を携《たずさ》えてナスリーンが毎日のように訪ねてくるようになった。それをつまみながら純霞の淹《い》れた乳茶を飲み、絨毯《じゅうたん》の上にごろりと横になって雪媛に話をせがむ。

「それでそれで？　その時青嘉《せいか》はどんな反応だったの？」

「ひぇえ、後宮《こうきゅう》ってそんななの？　怖……っ、その女最低……！　怖……」

「なんとぉ！　そこでまさかの……！」

目を輝かせながら、笑ったり怒ったりと表情をくるくると変える。

雪媛は実際の出来事に多少の創作を混ぜて、架空の物語を語った。雪媛――ここでは春《しゅん》蘭《らん》が、後宮のとある妃《きさき》のもとに仕《つか》えていた時に護衛である青嘉と恋に落ち、やがて皇帝に見初《みそ》められてしまい、二人で手を取り合って逃げ出した……。

あまりにナスリーンの反応が楽しいので、いつの間にか随分《ずいぶん》と話を盛ってしまったために、だんだんと疲れてきた。その様子に純霞が苦笑する。

「私が初めてここへ来た時も、こんな感じだったのよ。永祥《えいしょう》との馴《な》れ初《そ》めやら、国を出た時のことやら、根掘り葉掘り聞きたがって……」

「ねぇ、今言ったのってこういう意味？　えーと、純霞がここへ来た時……」

共通語で話す二人の会話を聞きながら、ナスリーンが尋《たず》ねる。話をしながら、雪媛とナスリーンは互いに言葉を教え合っていた。

雪媛は永祥が自分で作ったという簡易的な字引《じびき》を借り、純霞やナスリーンが話す言葉を聞きつつ単語を覚えていった。通訳し、言葉を教える傍《かたわ》らで、純霞は赤ん坊のための衣《ころも》や襁褓《おむつ》を縫っている。

揚げ菓子をつまみ、ナスリーンがもぐもぐと頬張った。

「ね、瑞燕国《ずいえんこく》にはどんなお菓子があるの？」

「いろいろありますよ。種類は数えきれないくらい。これと似たものもありますし」

純霞が思い出すように答える。

「揚げ菓子も好きだけれど、私、久しぶりに採《と》れたての果物が食べたいわ」

はぁ、とナスリーンがため息をつく。

「草原では新鮮な野菜や果物はもちろん、お魚も手に入らないんだもの。冬は仕方がないけれど、夏も保存の問題があるから商団が運んでくるのは加工されたものだけ。……ああ、葡萄《ぶどう》の弾《はじ》けるような香りが嗅《か》ぎたい……大きな西瓜《すいか》に齧《かじ》りついて汁を啜《すす》りたい……瑞々《みずみず》しい柘榴《ざくろ》を、焼いたパンの上にのせて食べたいっ！」

「このあたりでは、農耕は一切行わないのか？」

　雪媛が尋ねる。

「土壌が田や畑に適していないみたいね。永祥が言っていたわ。それにクルムの人たちは、大地に鍬《くわ》を入れるようなことをすれば神の怒りに触れるって考えているのよ」

「タンギラは水が豊富だったし、灌漑《かんがい》設備も整っていて果物がよく生《な》ったのよ。市場《いちば》では東西から色んな食材が集まって売り買いされていたし……はぁ、想像すると余計に食べたくなる……」

　よだれを垂らしそうになりながら、ナスリーンはここにはない果実を空想しているようだ。

「夏になったらね、都に連れていってくれるってシディが言ったの。そしたら、きっと果物も野菜もたくさんあるはずだわ。それまで我慢！」

「都……ここから近いのか？」

「私も行ったことがないけれど、馬でゆっくり進んで七日くらいかかるって。大きな川があって、船で各地から物品が届くそうよ」

「純霞は行ったことは？」

「ここへ来る途中、少しだけ寄ったわ。都にはカガンがいて、その周辺が彼の治める土地。その東をシディヴァ様が、西は右賢王《うけんおう》がそれぞれ治めているの。今の右賢王は確か、カガンの兄弟ね」

「左賢王《さけんおう》は未来のカガンだと聞いた。クルムでは、女が跡継ぎになるのは普通なのか？」

「まさか！　異例中の異例よ。シディだからこそよ！」

胸を張り、自分のことのようにナスリーンは得意げに語る。

「シディには年の離れた弟が一人いるんだけど、草原では強い者がすべてだもの。幼く弱い男の子よりも、強いシディが選ばれて当然！　――シディはね、子どもの頃から誰よりも強かったんですって。十歳の時に狼の巣に一人で取り残されたんだけど、翌朝には狼たちを一匹残らず殺して戻ってきたそうよ」

雪媛と純霞は目を丸くした。

「……本当？」

「あら、その頃からシディを知っている皆は実際に傷だらけで戻ってきたシディと、大量の狼の死骸を見てるのよ。ツェレンも言ってたわ」

「でも、いくらいといってもそれで左賢王……瑞燕国で言えば皇太子になるなんて、すごいわ。考えられない」

純霞が嘆息する。

「クルム内でも批判はあるみたい。カガンも、もともとは娘を跡継ぎにしようなんて考えていなかったんですって」

「では、どうやって今の地位に？」

雪媛は興味を引かれた。乳茶に菓子を浸《ひた》しながら、ナスリーンが語りだす。

「シディが子どもの頃、クルムは今ほどの力はなくて草原の一勢力でしかなかったの。シディは十二歳の時に、ずっと敵対していた隣のダラ族にお嫁に行かされたんですって。同盟のためという名目だけど、実際は人質よ」

「十二歳で？」

「カガンの妻……後妻だからシディとは血がつながっていないんだけど、その継母《ままはは》がシディを邪魔に思って縁談を進めたらしいの。そりゃ、継母からしたら自分の産んだ子を跡継ぎにしたいでしょうし、前妻の子なんて目障《めざわ》りだものね。さっき話した狼の話……あれもね、そんな場所に置き去りにしたのは、実はこの継母の仕業《しわざ》だったらしいのよ。カガンには上手《うま》く隠し通したみたいだし、シディも訴え出たりしなかったけどね」

「その継母というのは、今も健在か?」

「ええ、都にいるわ。私はまだ会ったことがないけれど、都へ行ったらどうしてやろうかと今からずっと考えてるの!」

ナスリーンは眉を吊り上げて頰を膨《ふく》らませる。

族長であった夫とは歳が四十も離れていて、ダラ族に嫁《とつ》いでからは相当ひどい扱いを受けたみたい。

「シディは詳しくは話さないけど、シディは正妻ですらなかったんですって。

——でも、さすがシディ! 半年後、そのダラ族を滅ぼして帰ってきたのよ!」

「滅ぼした?」

「ええ。狩りの最中に夫を射殺《いころ》して……」

「ええ?」

純霞が目を見開く。

「夫を?」

「十歳で狼の群れを殲滅《せんめつ》したんだもの。おじさん一人くらいシディの敵じゃないわ。しかも族長だけでなく、その兄弟や子どもたちも徹底的に排除して、ダラ族すべてを従わせて戻ってきたんですって。ただ、シディも無傷じゃなかった。右目は、その時に失ったみたい」

「一人で？　そんな年端《としは》もいかない娘が？」

「ユスフが協力したらしいわ」

「ユスフ……左賢王の部下の？」

　雪媛は会ったことはないが、永祥や青嘉の口から時折聞く名だ。

「ええ。ユスフはもともとダラ族長の異母弟なのよ。六人兄弟の末っ子だったんですって。母親は他部族から略奪されてきた女性で、ユスフを産んでから、彼を置いて昔の恋人のもとに逃げたらしいわ。ユスフの父親が激怒して、その二人は探し出されて殺されてしまったそうだけど。だからユスフは、一族の間では立場が弱くて孤立していたみたい。お兄さんたちからは随分いじめられたり嫌がらせもあったらしくて、恨みがあったのね。シディに協力して、兄弟や甥《おい》たちを皆殺しにしたそうよ。そうしてダラ族長の地位を奪って、それからはシディにずっと付き従ってる。――カガンはそんな戦果をあげて戻ってきた娘を、喜んで称《たた》えたの。『私にはこれほどの息子がいたのか』ってね」

「それで後継者に？」

「さすがに、すぐにそうはならなかったみたい。カガンが彼女を跡継ぎにすると言いだしたのは今から三年前ですって。その間、シディは戦《いくさ》で何度も戦功を立てて、誰もが認める存在になったのよ。でも、長老たちは皆反対したらしいわ。それでも、兵士たちはシディを戦神として崇《あが》めていたし、各部族の歴戦の勇士たちもシディの強さを目の当《ま》たりにして従っているんだもの。実際のところ、シディ以上に相応《ふさわ》しい人なんていなかったのよ。反対派は現右賢王を擁立《ようりつ》しようとしたそうだけど、右賢王自身が辞退したんですって」

「シディヴァ様って、それほどお強いの？」

「戦はもちろん、一対一でも誰も勝てないわ。ユスフも相当強いけどシディには敵《かな》わないみたいね」

「……至極《しごく》、単純明快だな」

雪媛は感慨深く、ぽつりと呟《つぶや》く。

強ければその力で女でものし上がれる。自然の理《ことわり》のようにわかりやすい。

自分にもしシディヴァのような強さがあったとしたら、皇帝の懐《ふところ》に潜《もぐ》り込み内側から切り崩すような迂遠《うえん》な方法は取らなかっただろう。皇帝の首を取り、その力だけで国を乗っ取る。

「……ナスリーンやシディヴァ様を見ていると、不思議な気分になるわ」

その日、ナスリーンが帰ると純霞がため息をついた。

「私は、家のために後宮へ入ったわ。永祥のことも諦《あきら》めて。あとはあなたが知っての通り、ただ絶望して毎日を鬱々《うつうつ》と過ごすしかなかった。彼女たちも同じように自分の意志に反して嫁がされたのに、全然違うわね。……もっと、違う道が私にもあったのかしら」

少し後悔するような表情を浮かべる。

「私もあなたも、一人で狼を打ち倒せるような怪力は持ち合わせていない」

雪媛は横になりながら言った。

「嫁いだ相手は女でもなかった。それだけのことだ」

「……陛下が変わってしまったと言っていたけれど、何があったの？」

僅《わず》かに、雪媛は息を詰めた。

「あの方は、皇帝としては多少柔弱《にゆうじやく》であったと思うけれど、優しい方だったと思うわ。私にも最低限の礼節は尽くしてくださった」

「私が、あの方を裏切ったからだ」

「……青嘉殿とのこと？」

「それだけじゃ、ない……」

心を操《もてあそ》り弄んで、その命まで侵《おか》そうとしていた。碧成《へきせい》は心から雪媛を信じていたのに。

「……賢妃《けんひ》は、どうなったのかしら」

「あれほどいじめられた相手を心配するのか？」

「賢妃は陛下のことを、本当に慕《した》っていたもの」

思い返すように、純霞は視線を上げる。

「もちろん父親の期待に応《こた》えて寵愛《ちょうあい》を得ようという気持ちはあったと思うけれど、それでもあの後宮の中で、賢妃は誰より陛下を想っていたわ」

雪媛が流刑《るけい》になって以降の芙蓉《ふよう》の様子は、詳しくはわからなかった。あの反乱が起きた皇宮《こうぐう》から、果たして脱出できただろうか。

「……一番陛下に相応しかったのは、独《どく》芙蓉だったのかもしれないな」

芙蓉とともにあれば碧成も、凡庸《ぼんよう》であってもそれなりの皇帝として、天寿を全《まっと》うしていただろう。


異国の言葉を覚えるのは容易ではないが、なにしろ時間だけはたっぷりとある。寒風吹き荒《すさ》ぶ草原の中、どこへ行けるわけでも何ができるわけでもない。ナスリーンと他愛のない話をするのが日課となり、雪媛はそのうちに徐々にではあったが、簡単な会話であれば交わせる程度に上達していった。その間に、純霞のお腹《なか》も順調に膨らんでゆく。

ほんの僅か、外を歩くこともあった。

寒さは相変わらずだが徐々に雪の量は減り、荒涼とした大地が顔を覗《のぞ》かせた。散歩の途中、時折シディヴァを見かけることもあった。

彼女が姿を見せると、誰もがその傍《そば》に集まってくる。子どもたちは英雄を見つめるように目を輝かせ、女たちは気安く世話を焼き、男たちは背筋を伸ばす。老人たちは笑みを浮かべてその様子を眺め、彼女が近くを通ればありがたそうに頭《こうべ》を垂れた。

ここで暮らす者誰もが、彼女を敬い、そしてよく従っているのが一目でわかる。

退屈しないようにと、永祥がいくつか書物を貸してくれた。瑞燕国のものもあれば、異国のものもあり、字は読めずとも絵や地図などを見るだけでも興味深かった。

「永祥のユルタには、書物やら標本やら、とにかく物がいっぱいなのよ」

純霞が少し呆《あき》れたように言った。

「クルムの人って物をあまり持たないのよね。季節ごとに移動するから、最小限にしているんだと思うけれど。だからここでも永祥は変人扱いなの。片付けも得意じゃないし……一緒に寝起きしている青嘉殿はきっと窮屈でしょうねぇ」

純霞はそう言って笑う。

読み終えた書物を脇に置いて、雪媛は寝台を降りた。

「少し、永祥のところへ行ってきても？」

「あら、どうかした？」

「全部読み終えたから、新しいものを借りに」

「それなら私が行ってくるわよ」

雪媛は首を横に振る。

「あまり動き回らないほうがいい。凍った雪で滑ったらどうする」

そろそろ八カ月になるお腹は、見るからに重たそうだ。

「私の世話も無理をしなくていい。もうある程度、自分でできるから」

「だけど、大丈夫？　結構距離があるわよ」

永祥のユルタはこの冬営地《とうえいち》の最も北の端に、ほかとははぐれたように構えられていた。遠くから見たことはあったが、訪ねたことはまだない。

「平気だから、少し休んでいて」

雪媛はそう言って外套《がいとう》を羽織り外へ出た。

いくつも並ぶユルタの間をゆっくりと抜けていく。それらは大小の差はあれど一見しただけでは違いが判らず、丸い包子《パオツ》が大地に大量に落ちているような光景だ。青嘉でなくても、これでは間違えてしまうだろう。

ところどころで視線を感じた。

馬に乗る男も、水を汲《く》む女も、遊び回っていた子どもも、通り過ぎる雪媛をじろじろと無遠慮に眺めまわす。突然やってきた南人《なんじん》が珍しいのだろうし、警戒もしているのかもしれない。それに、純霞たち夫婦や青嘉と違って雪媛が姿を現すのは稀《まれ》なので、余計に気になるのかもしれなかった。

視線の網を抜けていくと、その先にぽつんと一つだけ、白い包子が鎮座している。永祥のユルタだ。

扉を叩くが、返事はない。

しかし耳を澄ますと、人の喋《しゃべ》り声が聞こえてくる。雪媛はそっと扉を開け、中を覗《のぞ》き込んだ。

「――永祥？」

中央の炉の傍《そば》に、永祥の丸まった小さな背中が見えた。書物を左手に、右手には筆を持って、俯《うつむ》いてぶつぶつと独り言を口にしている。彼を取り囲む城壁のように、書物がぐるりとうずたかく積まれていた。

純霞の言う通り、とにかく物が多い。碁盤と似たような木製の盤に見慣れぬ駒が転がっていたり、異国の人物を象《かたど》った小さな像や、大きな鼓《つづみ》、動物の骨などが整理されずに折り重なっている。

集中しているところを邪魔しては悪い、と雪媛は足音を忍ばせて中へ入る。借りていた書物を永祥の傍らに置き、彼の手元を覗き込んだ。何か計算している途中らしい。雪媛には一向に気づく気配がない。

近くに丸められた大きな紙が立てかけられていた。くるくると開いてみると、大陸を精巧に表した地図である。瑞燕国で出回っているものとは、規模も細かさもまるで違う。永祥が書き込んだのか、異国の文字の横に但《ただ》し書きで共通語の文字が添えられていた。

見入っていると、足が固いものに当たった。金属製の円盤だ。縁《へり》には細かい目盛りが刻まれ、星と思われる模様の美しい透かし彫りが施《ほどこ》されている。複数の板が重なり合って動かすことができるようだ。渾天儀《こんてんぎ》のようなものだろうか、と雪媛は少しいじってみる。

その横に積まれた書物の装丁《そうてい》の美しさに惹《ひ》かれ、手に取る。綴《つづ》られている文字は読めないものの、その精緻《せいち》な絵図には見応《みごた》えがあった。その場に腰を下ろし、じっくりと眺める。頁《ページ》をめくっていくと、季節ごとの異国の風景がひとつひとつ描かれていた。春の花々が咲き誇る中で愛を語らう男女や、狩りの様子、秋の落ち葉を拾う農民、雪を被《かぶ》った冬の城などが鮮やかな彩色で描かれている。人々の纏《まと》う衣は瑞燕国やクルムともまったく異なり、顔立ちも違う。文様のように美しい横組みの文字が、その絵を取り囲んでいた。

唐突に奇声が上がったので、雪媛はびくりと顔を上げた。永祥が両手両足を広げてばたりと倒れ込んでいる。

「永祥？　どうした」

思わず声をかけると、永祥は仰向けになりながら目をぱちくりとさせる。

「……あれ？　雪媛様？」

慌《あわ》てて身体を起こし、頭を掻きむしる。

「あれ？　あれ？　いつの間に？　すみません！」

「借りていたものを返しに来たのだが……勝手にいろいろと見せてもらっていた」

「あ、あぁー、いえ、それは構いませんけど。お一人ですか？」

「ああ、もうだいぶ体調もいい。今は純霞をうろうろさせるほうが心配だ。——青嘉は？」

「シディヴァ様に誘われて、鷹狩りに行ったようです」

「ふうん……」

「なんだかんだいって、青嘉殿はすっかり気に入られたようです。強い者には敬意が払われるところですからね、ここは。結構馴染《なじ》んできてますよ」

青嘉は最近、あまり雪媛のもとへ顔を出さない。理由は恐らく雪媛の態度にある。

自分でも自覚がある。青嘉に対して、どんなふうに接すればいいのかよくわからないでいる。だから青嘉とはあまり話さないし、どこかぎこちなくなってしまう。

「あっ！　いや、気に入られたといっても、あの、変な意味ではないと思いますよ、うん！」

唐突に慌てて永祥が付け加えた。

シディヴァが女だからといって、青嘉を男として見ているわけではないと言いたいのだろう。

「……そうか」

余計なことを言ってしまった、という表情で永祥が視線を彷徨《さまよ》わせる。

「あ、あー、逆に僕みたいな人間は、ここでは相当奇異の目で見られてます。シディヴァ様だけは別ですけど。あの方は雪媛様と似たところがおありです」

「似たところ？」

「雪媛様は、知識や技術を重視されているでしょう。国が発展するには、それらが不可欠だと以前僕に仰《おっしゃ》いました。だから、いつか必ず帰ってくるように、と」

初めて永祥に会った時、純霞の話とともに、そう言って彼を口説き落としたのを思い出す。

「シディヴァ様も同じです。進んで新しい知識、新しい技術を取り入れようとなさっています。ただ……少しだけ異なるのは、シディヴァ様は戦《いくさ》にそれを利用しようとされるところですが」

「戦に？」

　永祥は手元の紙を広げてみせた。

「昨年、シディヴァ様にお願いして製鉄工房を見学させていただいたんです。彼らの製鉄技術はとても優れていますが、これをさらに改良してもっと大量に、もっと迅速《じんそく》に武具の製造を行いたいというのがあの方の希望です。僕はまぁ、いろいろ援助していただく代わりにそのお手伝いをする約束をしていまして……これが今考えている新しい炉の設計図です」

　覗き込むと、細かい書き込みとともに見たこともない形の窯《かま》が描かれていた。

「戦というと、いかに兵力を揃《そろ》えるか、いかに強い者を味方につけるか、いかに優れた戦略を立てるか……それが勝利するために必要なことだと大抵は考えると思うのですが。あの方は技術で勝つつもりなんですよ」

「技術……」

「例えば、この弩《いしゆみ》はシディヴァ様の発案で改良された最新式のものです」

　そう言って、手近に置いてあった弩を片手で持ち上げてみせる。

「かなり軽量化されています。弓を一度も引いたことがない者でも簡単に扱えますし、連射も可能です。鍛錬がそれほど必要ありませんから、徴発した新兵にこれを装備させれば兵力は一気に上がります」

それと、と永祥はごそごそと棚から重そうな袋を取り出した。

「これは硝石《しょうせき》や硫黄《いおう》、炭などを混ぜたものです。燃焼しやすく、火をつけて爆発を起こすことができます。これを戦で使えないかとシディヴァ様は考えているんです」

中から黒い砂のようなものを取り出し、手のひらに載《の》せた。雪媛はそれを少しつまんで、匂《にお》いを嗅いでみる。

「敵陣に撒《ま》いて燃やすのか？」

「火をつけてから遠方まで投石機で飛ばすとか、そんなやり方が適しているかなと思います。ただ、扱いが難しいですからね。戦場でどの程度上手《うま》く使えるか……いろいろ配合も試してみないと」

「……意外だな」

十歳で狼を倒し、十二歳で一部族を滅ぼし支配した女だ。

「聞いた話では、シディヴァとは恐ろしく強いのだろう。もっと、力押しな印象があった」

「そりゃあシディヴァ様はお強いですが、みんながみんなシディヴァ様のように強くはないこともご存じですから。強い者が生き残るのが草原の理《ことわり》、とよく仰ってはいますけど、実のところあの方は、弱い者でも生き残ることができるようにする仕組みを模索《もさく》しておいでなんだと思います」

　永祥は、あくまで僕の受け取った印象ですが、と前置きする。

「クルムは急速に領土を拡大しています。そこには強い者もいれば弱い者もいる。青嘉殿のように優れた武人もいれば、僕のように引き籠《こ》もって頭ばかり使う変わり者もいる。言葉の違う者、習慣の違う者、宗教の異なる者、いろいろいるけれど、あの方はそれを否定はしません。拒《こば》むことなく受け入れます。当然、扱いにくいし問題は多いです。でも、それならそれでどうすればよいかを探ろうとする——そういうところが、雪媛様と似ているなと思うんですよ」

　そうだ、と永祥は思い出したように、積み重なった書物の間から帳面を引きずり出した。

「これ、以前雪媛様から出された宿題を考えてみたんですが」

「宿題？」

「瑞燕国を出る時、最後に仰っていたでしょう？　暦《こよみ》の計算にはもうひとつ方法があると思う——と」

　手渡された帳面を開くと、計算式がびっしりと書かれている。

「西域《せいいき》で使われている暦を参考に、三つ考えてみました」

「三つも？」

玉瑛が考えていたものとはまた別の、まったく新しい論理が書かれていた。思わず雪媛は唸《うな》る。

そのまま永祥の傍らに座り込むと、じっくりとそれを読み込んだ。

「この記号は?」

「それはですね、以前いた国で教わったのですが、変数というものを表していて――」

永祥の説明は明快で淀《よど》みがなく、雪媛は興味深く耳をかたむけた。

「なるほど。……つまり、こういうことか?」

筆を取り、たった今聞き知ったやり方で簡単な計算をしてみる。

「そうです、そうです。さすが理解がお早い」

「では、ここをこうしては?」

「む……おおー、ほうほう、いいですね。それいいですね！　そうしたらここをもっと正確に算出できる……」

「そういえば、さっき見た地図で気になった点があるんだが……」

「ああ、それは――」

「それと、これはなんだ?　どうやって使う?」

どれほどそうして話し込んでいたのか、青嘉が戻ってきた時、扉の向こうに覗く草原はすでに薄暗くなり始めていた。

「雪媛様？　ここで何を……」

西域で人気だという遊戯用の盤を挟んで駒を動かしていた雪媛と永祥は、青嘉に声をかけられて驚いたように顔を上げた。盤上ではすでに、三度目の対戦が繰り広げられていた。

「あ、おかえりなさい青嘉殿。……あれ、もうそんな時刻ですか」

「お一人でここへ？　純霞様は？」

「ここへ来るくらい、一人で大丈夫だ。……随分長居してしまったな。すまない、永祥」

「いえいえ、大変有意義でした」

「この駒、そのままにしておいてもらえるか。次の手を考えておく」

「はい、もちろん。また今度、いくつかご相談しても？」

「ああ。これ、借りていっても？」

「はいどうぞ」

書物を小脇に抱《かか》えて立ち上がる。すると青嘉が奪うようにそれを取り上げた。

「お送りします」

「………」

雪媛は何も言わず、ユルタを出た。青嘉が黙ってついてくる。

放牧されていた羊や山羊《やぎ》が戻ってきて、子どもたちが柵の中へと追い込んでいた。干し草を食べる馬たちの姿を見かけ、雪媛はふらりと足を向ける。

瑞燕国で見る馬よりも筋骨たくましく、いかにも体力がありそうだ。雪媛は手を伸ばし、馬の首を撫でた。冷えた空気の中で触れたその温《ぬく》もりに、少しほっとする。身体を寄せると、生き物の躍動が直《じか》に伝わってきた。

立ち並ぶユルタからは白い煙がいくつもの柱になり、天に向かって霧《きり》のように立ち上っていた。西の空では、地平線に落ちていく太陽の燃えるような朱色が煌々《こうこう》と輝き、大地にもその残光を深々と落としている。

「……尹《いん》族も元は、こうして遊牧生活を営んでいたと聞きました」

「そうらしいな。クルムとも遠い昔のどこかでは縁続きだろう」

こんな場所で暮らせたら、と猛虎《もうこ》と語ったことを思い出す。

(あの時、一緒に逃げることができていたら――どうなっていただろう)

「馬にお乗りになりますか?」

青嘉はそう言って、雪媛が寄りかかった馬の鼻面《はなづら》を撫でる。

「久しく乗られていないでしょう。勝手に騎乗することはできませんが、左賢王に頼んでみましょうか」

「……シディヴァは、どんな人間だ？」

　すると青嘉は少し思案する顔になった。

「──覇王の風格があると、お見受けします」

「随分と高評価だな」

「……一度負けましたし」

「え？」

「いえ……そろそろ行きましょう。純霞様が心配されます」

　雪媛は少し名残惜《なごりお》しく思いながらも、馬から身を離した。

　長い影が足元に伸びている。並んで歩きながら、雪媛は青嘉の顔をちらりと見上げた。

　どうしてこの男と二人、今この異境の地を歩いているのだろう。

　南の方角へと視線を向ける。あの山の向こう、どこかに瑞燕国があるはずだった。しかしそれは、幻にすら思えてくる。

　唐突に、大きな羽音が耳のすぐ傍を通り抜けた。黒い影がさっと視界を横切る。

「──！」

　思わず立ち止まり、目で追う。

　大きな鷹だ。

悠々と翼を広げて大きく旋回すると、引き寄せられたかのようにその先に佇《たたず》む人物の腕にとまり、羽を休める。

シディヴァだった。自分の身体の半分以上ありそうなその大鳥を、軽々と片腕に乗せている。こちらに気づくと、青嘉と、そして雪媛にじっと目を向けた。

傍らに立つ青年が、笑顔でひらひらと青嘉に手を振る。

「ああ、青嘉。彼女、随分元気になったようだね」

「ええ、お陰様で」

青嘉は小声で「あれがユスフ殿です」と耳打ちする。

ユスフがじろじろと雪媛を上から下まで眺めまわす。無遠慮なその視線に、青嘉が雪媛を庇《かば》うように僅かに前に出た。その様子にユスフはおもしろそうな笑みを浮かべた。

「よかったよ。シディが連れてきた時は、死人のような顔をしていたからね。ええと……春蘭、だったかな？　俺はユスフ。何か困ったことがあればいつでも相談して」

「……ありがとうございます」

「今度、馬を一頭お借りできますか？」

青嘉が尋ねた。

「春蘭は馬が好きで、クルムの馬に乗ってみたいと」

「いいよー。好きなのを選んで」

ユスフは軽く請《う》け合う。

青嘉がいいのか、と問うようにシディヴァを窺《うかが》った。

「ユスフに任せる。好きにしろ」

鷹の大きな翼に包まれるような恰好で、シディヴァは興味がなさそうに返事をした。

「でも、その馬で逃げたりしたらどうなるか、わかってるよね？」

にこにこと笑いながら、ユスフが釘を刺した。

笑顔でありながらその目は、すぐにでも雪媛を殺してやろうか、という冷たい光を湛《たた》えているように見える。

（これが自分の一族を滅ぼして、シディヴァに従った男か……）

「ありがとうございます。まだ病《や》み上がりですし、近くを少し走らせるだけですのでご心配なく。――では、失礼を」

守るように青嘉に肩を引き寄せられ、その場を離れた。

振り返らずに歩きながら、青嘉が低く囁《ささや》く。

「あまり左賢王やユスフ殿と関わり合いになりませんように。いまだに我々は警戒されていますし、どんなきっかけで正体が露見しないとも限りません」

肩に触れている手が温かい。

「……ああ」

それ以上言葉を交わすこともなく、二人は純霞の待つユルタへと歩いていった。

「あれが、シディの『運命の女』?」

遠ざかっていく二人の姿を眺めながら、ユスフが言った。

「そうらしい」

「シディの運命を左右する——ツェレンはそう言うけど、その運命が吉か凶かはわからないんだよね?」

彼らの巫覡《ふげき》が、そう予言したのだ。カガンも、そしてどの部族の長《おさ》であっても、草原で巫覡の言葉を軽んじる者はいない。

「殺してしまえば? 不安要素は排除すべきだ」

「放っておけ。俺の命を奪うつもりなら、返り討ちにしてやればいいだけだ」

「あの細腕じゃあ、シディに触れることもできなさそうだけど」

鷹を世話係に預けて、シディヴァが歩き出す。ユスフはその後をゆっくりとついていく。

「まぁ、『運命の女』が本物かどうかはともかく――俺はシディの『運命の男』だろ？」

シディヴァは呆れたような視線を肩越しに送る。

自信満々の笑みを湛えるユスフは、そわそわと答えを待っているようだった。

「お前を運命と思ったことはない」

「いや、いやいや、運命でしょ。宿命でしょ。出会いが必然でしょ」

「俺は全部選んだんだ。自分の意志で」

ユスフが瞬《まばた》く。

「運命殿とやらに従った覚えはない」

「……それ、運命よりずっといいね」

にやっとユスフが笑う。

「シディー！　おかえり！　狩りはどうだった？」

ナスリーンが駆けてきて、シディヴァに飛びついた。

「まあまあだな。いい毛並みの狐《きつね》がいたから、お前の新しい襟巻《えりま》きにするか」

「ナスリーン、ちょうどいい。春蘭が馬に乗りたいそうだ。一緒に行っておいで」

ナスリーンは「えー」と眉を寄せる。彼女はここへ来るまで一人で馬に乗ったことがなく、いまだに上手く操ることができないのだ。

「どうして私が……」

「練習になるだろ。それに、君が一緒なら下手《へた》な真似はしないだろうし」

「春蘭たちが馬で逃げるとでも思ってるの？」

「どうかな。でも、用心に越したことはない」

「春蘭、とってもいい人よ。優しいし、お話も面白いし。ねぇ、あの二人はずっとここにいる？」

「あいつら次第だな」

　シディヴァはそう言って、自分のユルタへ帰っていく。ナスリーンはまとわりつきながらそれを追い、ユスフはそんな二人を眺めながらのんびりと後に続いた。

五章

「春蘭《しゅんらん》、髪を編ませて！」

一緒に馬に乗りに行こうと迎えに来たナスリーンは、ユルタへ入るなりそう言って雪媛《せつえん》を強引に座らせた。

「いや、私はこのままで……」

「いいからいいから。任せて！　私こういうの得意なの！」

ひとつに括《くく》っただけの状態だった雪媛の髪をてきぱきと解き、櫛《くし》で梳《と》かす。ナスリーン自身、いつもは下ろしている髪を今日は細かく編み込んで、低い位置《いち》にまとめている。

「春蘭って本当綺麗な黒髪ねぇ。私なんて、ここへ来てから傷んじゃって……水が合わないのかしら」

しげしげと髪を見つめる。

「そうか？　艶《つや》があって綺麗だと思うが」

彼女の金髪は光に当たるときらきらと輝きを増すし、編み込むと陰影を生み、幾通りにも違った色に見えてくるから不思議だ。

「ふふ、それには秘密が……」

ほくそ笑むように、懐《ふところ》から何かを取り出す。

「これね、以前シディが買ってくれた香油なの。薔薇《ばら》の香りがするのよ、ほら！」

手に掲《かか》げ持ったのは硝子《ガラス》製の小瓶だった。きゅっと音を立てて蓋《ふた》を外すと、芳《かぐわ》しい匂《にお》いがふわりと鼻を掠《かす》めた。

「これを髪に馴染《なじ》ませると、艶が増すの」

とろりとした液体を手に取ると、雪媛の髪に滑らせていく。

その時、「……うっ」と低い声がした。純霞《じゅんか》が手で口許《くちもと》を押さえ蹲《うずくま》る。

「純霞！　どうしたの、苦しい⁉」

「いいえ、あの……ごめんなさい、匂いが……」

ナスリーンははっとしたように瓶の蓋を閉めた。

「ごめんなさい、妊娠してから匂いに敏感で……」

「違うの、嫌いだった？」

「私たちは外に出よう。行こう、ナスリーン」

「あ、うん。ごめんね純霞！　気がつかなくて……ツェレンを呼ぶ？」

「いいえ、大丈夫よ。ありがとう。扉は開けておいてくれる？」

「わかったわ」

外へ出た雪媛は、自分の髪をつまんで匂いを嗅《か》いだ。それほど強い香りでもないが、純霞には普通とは違って感じられるのだろう。そういう妊婦もいると聞く。

しょんぼりした様子のナスリーンが、肩を落とした。

「私ったら、気が利《き》かないわねぇ……悪いことをしたわ。いい香りだから喜ぶと思ったのに」

「……春の香りだな」

長い冬の空気に慣れた身体には、なんとも染《し》み入《い》る香りだった。後宮《こうきゅう》にいれば数多《あまた》の香りに包まれるが、乾燥した草原にはほとんど匂いがない。

「ここの冬は長いな」

瑞燕国《ずいえんこく》ならば、そろそろ春の息吹《いぶき》を感じ始める頃だろうか。

だが目の前には、相変わらず荒涼とした大地が広がり、命を感じない。雪こそ積もらなくなったものの、寒さは変わりなく冷えた風が吹きつけていた。

「そうなの。ずーっと冬。春も、ほとんど景色は同じよ。でもね、夏の草原はとっても素敵。大地が緑に覆《おお》われて、太陽の光を浴びてどこもかしこもきらきら輝くの！　あ、でもー、夏でも夜は寒いわ。火を焚《た》き続けないと凍《こご》えてしまうくらい」

まだ完全に言葉を覚えたわけではない。ナスリーンの口から出る単語で意味を拾い、雪媛はおおよそ彼女の言うことを理解した。

雪媛は近くに腰を下ろし、ナスリーンに改めて髪を編んでもらう。

「春になったら羊たちの出産が始まって、みんな大忙しよ。純霞の子が生まれるのもその頃よね。男の子かな、女の子かなー。私は女の子がいいわ。可愛い服を着せてあげられるでしょ！」

ナスリーンは空を見上げる。

薄曇りの白い空が広がっていた。

「ここではね、鳥が春を呼んでくるんですって」

「鳥？」

「渡り鳥が戻ってくると、春が来るのよ。——さぁ、完成！　うんうん、素敵だわ！」

小さな鏡を手渡される。

覗《のぞ》き込むと、ナスリーンとよく似た髪型が出来上がっていた。その仕上がり具合に満足したらしいナスリーンが、「お揃《そろ》いよ！」と嬉しそうに笑った。

二人は馬が放牧されている場所へと向かった。男たちが集まって、ひどく暴れる一頭の馬を囲んでいるのが見える。栗毛の馬は頭をぶんぶんと振って跳ね回り、背に跨《また》がった男を振り落とそうとしている。見れば鞍《くら》をつけていない。乗り手はなんとかこの裸馬を御《ぎょ》そうとしているが、なかなかうまくいかないようだった。

ナスリーンが怯《おび》えたように身を竦《すく》める。

「うう、見てるだけで怖い……よくあんなに暴れる馬に乗れるなぁ……」

二人のために用意された馬は、それとは対照的におとなしそうな様子だった。それでもナスリーンは不安げな面持《おもも》ちだ。

「私、馬は苦手なの……練習しろっていつもシディに怒られるんだけど」

よいしょ、と跨るが、いかにも恐る恐るという風情《ふぜい》で腰を下ろした。

「怖がっているのだと、馬に見破られてるんだ」

雪媛は苦笑して自分の馬に騎乗した。

この感覚は随分《ずいぶん》と久しぶりだ。瑞燕国を脱出する際、青嘉《せいか》が手綱《たづな》を取る馬に乗せられたことはあったが、自分で操ることはなかった。

高くなった視点から、遮《さえぎ》るもののない平原を俯瞰《ふかん》する。大地に足をつけている時よりも、よほど広く感じた。

すう、と大きく息を吸い込んだ。風は冷たいが心地よい。先ほどナスリーンのつけてくれた薔薇の香りが、微《かす》かに鼻腔《びこう》をくすぐった。

ゆっくりと歩かせて慣らし、軽く円を描くように走らせる。

「少し走ってくる。ナスリーンは？」

「えっ、待って！　置いていかないで！」

駆け出した雪媛を追うように、慌《あわ》ててナスリーンも馬を走らせた。

一気に、解き放たれたような気分になる。こんなに爽快《そうかい》な感覚は久しぶりだった。今、自分を縛るものは何もないのだと叫びたいような気持ち。

初めて馬に乗った時も、そう感じたのを思い出す。

掛け声をかけて速度を上げ、開けた大地を進んでいく。どこまで行っても続く平原を通り抜ける中、自分の息と馬の足音ばかりが耳に届く。

ふと、並走する馬の姿が視界に入った気がして、雪媛ははっと首を巡らせた。

猛虎《もうこ》が、隣を駆けている。

風を纏《まと》って、気持ちよさそうな足運びの馬を操っていた。その横顔が風景の中に溶け込む。

雪媛は、息を止めた。

彼の長い髪が、馬の尾のようになびいて揺れている。

猛虎はこちらに気がついたようだった。振り向いたその懐《なつ》かしい顔に、ふっと優しげな笑みが浮かぶ。

雪媛は手綱を引き、馬を停止させた。

冷たい風が静かに流れてきて、するりと身体をすり抜けていく。

視線を彷徨《さまよ》わせる。しかし荒涼とした大地に佇《たたず》んでいるのは、自分だけだ。

幻は、もうどこにも影を残していない。

猛虎は、不甲斐《ふがい》ない雪媛を叱咤《しった》しているのだろうか。大切な人たちを守ると決意したあの思いを、忘れるなと言いたいのだろうか。

そう考えて、雪媛は頭《かぶり》を振った。

（ううん、違う……）

猛虎はきっと、そんなことは言わない。

「……一緒にいてくれているの？」

小さく呟《つぶや》く。

応《こた》える声はない。

あの時、すべてが上手《うま》くいっていれば、二人でこんなふうに草原を駆けていたのかもしれなかった。

大きく息を吸い込み、自分を落ち着かせるように吐き出す。

草原は静かで、風の音しか聞こえてこない。

何の気配も感じない。

しかし、それはおかしいと遅ればせながら気づいた。

(ナスリーンは……?)

背後を振り返る。

ナスリーンの姿がない。速く走り過ぎて、置き去りにしてしまったのだろうか。

慌てて引き返してみると、地面にぽつんと座り込み膝《ひざ》を抱《かか》えているナスリーンに出くわした。

「馬は?」

「私を落として、どこかへ行っちゃったわ……」

涙目になっている。

雪媛は下馬して、怪我《けが》がないかと確認した。

「大丈夫。私、怪我しないように落ちるのだけは得意なの」

「なかなか素晴らしい特技だな」

「ああ〜、またシディに叱《しか》られる〜」

頭を抱えながらナスリーンは言い募《つの》った。

「仕方ないのよ、苦手なものは苦手なの！　向き不向きってものがあるでしょう？　でもここでは、みんな子どもの頃から歩くのと同じくらい当たり前に馬に乗っているものだから、なんかもう馬から落ちまくる私を見る時の、憐《あわ》れみっていうか居た堪《たま》れなさそうな顔ときたら……！」

ぐぬぬ、と悔しそうに唇を噛む。

「ナスリーンは馬が嫌いなのか？」

「嫌いなわけじゃ……ただ、自分より大きくて、力が強いものって怖いでしょ？　言葉も通じないし、何考えてるかわからないし、突然暴れだしたらって思うと……」

雪媛は馬の鼻面《はなづら》を撫でながら、艶々とした黒真珠のような瞳を覗き込む。

「じゃあまずは、乗るよりも時々世話をしてやるといい。世話をする人間のことは覚えてくれる。理由もなく暴れたりはしない。どういう時に機嫌が悪いのか、接していればだんだんわかってくる」

「そうなの？」

疑わしそうに、ナスリーンは馬の顔を見つめた。

「私とナスリーンも、そうだろう」

「え?」

「言葉はわからなかったが、今はこうして一緒にいる」

「まぁ、確かに……。でも、春蘭のことは怖いとは思わなかったもの」

「シディヴァ様のことは? 怖くなかったのか?」

「最初は怖かったけど……」

ナスリーンは思い返すように視線を空に向けた。

「そうね……確かに、接しているうちにいい人なんだって思うようになったわ」

そうして改めて、馬に近づいてまじまじとその様子を観察する。

雪媛は自分の馬にナスリーンを乗せた。

「乗って。戻ろう」

ふと、背後を振り返る。

しかしそこにはなだらかな大地が続くだけで、彼女の求める影はもうどこにもなかった。

雪媛は小さく息をつき、ナスリーンの後ろに飛び乗った。

二人はそのまま、ゆっくりと冬営地《とうえいち》まで戻っていった。馬の放牧場では、まだ調教が続いていた。先ほどまで暴れていた馬は、荒い息を吐いてはいるものの徐々に乗り手の指示に従い始めているようだ。

（さすがだな……）

ここにいる誰もが、馬の扱いに長《た》けている。

ナスリーンを置いて逃げていった馬は、そのうち自分で戻ってきた。

「こいつはもう随分と歳で、暴れることもないしおとなしいやつなんだ。それでどうやったら落とされるんだよ、ナスリーン」

理解できない、という顔で馬の世話をしている少年が言った。ナスリーンは唇を尖《とが》らせる。

「いーんだもん。私はシディの馬に乗せてもらうからいーんだもん」

「いつまでもシディヴァ様にご迷惑をかけるなよ」

「うるさい、ムンバト！　シディはそんな私が好きなんだからっ！」

「馬にも乗れない女、足手まといに決まってんだろ」

「あら、焼きもち？　男の嫉妬は見苦しいわね」

「んなっ……違《ちげ》ぇよばーか！　ばーか！」

少年は僅かに頬を赤らめる。

「行きましょ、春蘭。お腹《なか》すいちゃった」

「ああ――」

雪媛はちらりと振り返った。少年はじっとナスリーンに目を向けている。

「仲がよさそうだな」

「ああ、ムンバト？　歳も近いし、ここへ来てからはいろいろ教えてもらったの。私がシディに気に入られてるのが悔しいのね。自分はまだ半人前扱いだから」

「焼きもちの方向はそちらではないと思うが」

「え？　なんて言ったの？」

「なんでもない」

ナスリーンと連れ立って純霞の待つユルタに戻る。

見れば、扉が開け放たれたままだ。まだ匂いが残っているのだろうか。

「純霞？　寒くないか？」

声をかけながら、中へと足を踏み入れる。

絨毯《じゅうたん》の上に蹲っている純霞の背中が見えた。雪媛は息を呑む。

「純霞!?」

慌てて駆け寄り抱き起こした。

青ざめた顔で苦しそうに息をしている様子に、ナスリーンは「ツェレンを呼んでくる！」と駆け出していく。

「うぅ……」

「純霞、お腹が痛むのか？」

純霞は両手で腹部を守るように抱えて呻《うめ》くばかりだ。僅かに、足元に血が滴《したた》っているのが目に入る。

「早く！　早くったら！」

外でナスリーンの叫ぶ声がする。ツェレンがゆっくりした足取りでやってくるので、焦《あせ》っているようだった。

純霞の脈を取り、様子をつぶさに観察したツェレンが何か呟いた。初めて聞く単語だったので、雪媛はナスリーンに意味を尋ねる。

「何て言ったの？」

ナスリーンは言葉を探すように、わたわたと手をばたつかせた。

「……ええと、つまり、生まれる……もう生まれる、早い……ああ、伝わるかしら？」

雪媛は眉を寄せた。恐らくツェレンは「早産」と言ったのだろう。出産の予定はまだ二《ふた》月《つき》は先のはずだ。

「寝かせておやり。それと湯を沸かして」

雪媛とナスリーンは二人で純霞を抱き起こし、ゆっくりと寝台に寝かせた。

ツェレンが、手にしていた籠《かご》から粉末が入った器を取り出し、それを純霞の口に含ませ水を飲ませる。

「それは？」

「早く生まれすぎるのはよくない。これでもう少し留《とど》められるだろう」

徐々に、純霞の呼吸が落ち着いていく。

うっすらと瞼《まぶた》を開いたので、雪媛は声をかけた。

「純霞！」

「……お腹の子は？」

純霞が不安そうに腹に手を当てた。

「大丈夫だ」

「……血が」

「問題ない」

雪媛は彼女の手をぎゅっと握った。

「少し早く生まれるだけだ」

言いながら、不安が胸の内に渦巻いた。

雪媛が干渉しなければ、純霞は後宮の奥深くで生涯子も持たずに暮らすはずだった。その腹にいるのは、本来ならばこの世に存在するはずのない子ども。

苦しそうな純霞の顔を見下ろす。

「――純霞！」

勢い余ってつんのめりながら、永祥《えいしょう》が飛び込んできた。

雪媛は立ち上がり、永祥に場所を譲る。後を追ってきたのか、扉の向こうから青嘉が顔を出した。

「ど、ど、どうしたんだ！　一体何が――」

永祥は、いつになく平静を失った様子で純霞の手を取る。

「だ、だ、大丈夫なんですか⁉」

「薬を飲ませて少し落ち着いた。早産になりそうだ」

炉に鍋をかけながら、雪媛が言った。

「早産――」

握った手に力が籠《こ》もるのがわかった。

純霞の少し浅い息が、ユルタの中で妙に大きく耳に届いた。

それから数日間、純霞はひとまず小康状態を保った。ツェレンの薬のお陰か、まだ子どもは胎内に留め置かれている。だが純霞は起き上がることもできず、青白い顔で額《ひたい》に汗を浮かべ、時折苦しそうに呻き声を上げた。

雪媛はその間ずっと傍に付き添い、ナスリーンも度々《たびたび》様子を見にやってきた。

「私のせいかしら……」

ナスリーンは肩を落として純霞の傍らに座り込む。

「私が香油の匂いで、純霞の気分を悪くさせたせい？」

「……そうじゃない。早産はよくあることだ」

そう言いながら、雪媛は自分に言い聞かせているように思った。

（よくあることだ……でも……）

本当に、それだけだろうか。

（私が、歴史を捩《ね》じれさせた。その結果としての……命）

純霞は食欲もなく、肉汁を口に含ませてみてもほとんど喉《のど》を通らない様子だった。このままでは体力が失われて、出産に支障を来《きた》すかもしれない。

そんなある晩、シディヴァが訪ねてきて小さな袋を雪媛に渡した。

「これは？」

「純霞に食べさせてやれ」

紐《ひも》をほどいてみると、中に詰まっていたのは米だった。このクルムの地にやってきてから、初めて見る。

驚いてシディヴァの顔を見返す。

「この間来た商人から仕入れた。馴染んだものなら少しは食べられるだろう」

「……お気遣《きづか》いありがとうございます」

雪媛が礼を述べると、シディヴァは眠っている純霞の様子をちらと見て、そのまま出ていってしまった。

決して多くはないが、ずしりとしたその重みを両手で感じる。粥《かゆ》ならば、純霞も食べられるだろうか。

ツェレンがやってきたところで雪媛は純霞を彼女に任せ、少し外の空気を吸おうとユルタを出た。

零《こぼ》れ落ちそうな満天の星が広がっている。

疲労も相まって、その場に縫いつけられたようにぼうっと天を仰いだ。

瑞燕国にいた頃にも冬に目にした参宿《しんしゅく》の連なりが、頭上で輝いている。見え方に差はあるだろうが、そこにあるのは瑞燕国と同じ空だ。

果てしない平原、天幕で寝起きし肉を食べ、毛織物の衣《ころも》を纏《まと》って異国の言葉を話し、家畜に囲まれて暮らす日々には、どこか現実感がなかった。たまに、まだ夢の中にいるような気がした。

(でもこれは、夢なんかじゃない……)

現実は地続きだ。

瑞燕国から、皇宮《こうぐう》から、どれほど離れていようとも。

(ここは今までと連続する世界——私のしたことが創った、明日——)

「せ——春蘭」

青嘉が小さな灯《あか》りを手に、こちらへやってくるのが見えた。雪媛様と呼ぼうとして、誰が聞いているかわからないと思い、言い直したのだろう。

「純霞様は?」

「……眠ってる。今のところ、変わりはない」

「そうですか」

「永祥は、どうしてる」

「落ち着かずに、ずっとそわそわしています。書物を手に取っても全然頭に入らないようで」

　まだ生まれていないとはいえ産屋《うぶや》も同然のユルタに、永祥も青嘉も立ち入ることを禁じられている。妻の顔も見れない永祥は不安を募《つの》らせていた。

　早産となれば、子どもが無事に生まれる可能性は低くなる。産褥《さんじょく》で死ぬ女も少なくない。純霞と子どもに何かあれば、それは、雪媛の責任なのではないだろうか。

　死ぬはずのなかった芙蓉《ふよう》の子のように。

　秋海《しゅうかい》が襲われたように。

　碧成《へきせい》が変わってしまったように。

　冠希《かんき》の命を奪ったように。

　起こるはずのない内乱が起きたように。

　足元が崩れ落ちていくような、不安定な感覚に襲われた。

　何を犠牲にしても、すべてをかけて事を成すと決めた。しかし今や、それはただ多くの犠牲を生んだだけだ。

「……お前は、私に仕《つか》えたことを後悔していないか」

　唐突な雪媛の問いに、青嘉は少しだけ間を置いて口を開いた。

「いいえ。自分で選んだことですので」

「その選択は、間違っていたかもしれないじゃないか」

「……正しいかどうかは、考えたことがありませんでした」

「もう、国には帰れないかもしれないぞ」

「そうですね」

「それでもいいのか」

「平穏無事な生活を望むなら、そもそもあなたに仕えていません」

「もう家族に会えなくても？　瑞燕国の将軍になれなくてもか？」

「……後悔していると言わせたいんですか？」

「もっと……別の未来があったかもしれないだろう」

少なくとも、雪媛が大望を抱《いだ》き歴史を変えなければ、王《おう》青嘉は瑞燕国の偉大な大将軍として名を残した。こんなふうに異国の地に落ちのびて、身を隠すようなことにはならなかった。

芳明《ほうめい》と天祐《てんゆう》の顔が浮かんだ。

あの親子のことを、自分は救ったのだと思っていた。そう思うことで、自分自身もまた救われる思いだった。未来は変えられるのだと、運命は曲げられるのだと、そう信じることができたから。

胸の奥がひやりとした。
今、混乱する瑞燕国で、果たして二人は無事でいるのか。
「……あの子どもは、許されるだろうか」
思わず呟く。
青嘉が怪訝《けげん》そうな表情を浮かべた。
「え？」
無事に生まれてくるのだろうか。
その存在を、世界は許すのだろうか。
本来あるべき状態に揺り戻そうとする何かが、触手を伸ばしてきている気がした。
もしも二人に、何か――命が消えてしまうようなことがあれば。
「何か、あったら……」
唇がわななき、声が僅かに震える。
（それは、私が、死なせる――）
不安は噴き出すように押し寄せて、雪媛の中で渦を巻いた。
拳を握りしめ、これ以上この感情が溢れないように蓋をする。
こんなことを言ってどうするのだ。どうしてこんな言葉が口をついて出てしまったのだろう。雪媛は平静を取り戻そうと、浅く息を吸い込んだ。

「……いや、なんでも、な――」

「あそこに、山がありますが」

唐突な青嘉の言葉に、雪媛は僅かに顔を上げた。

「――え？」

「人が動かせるものではありません。自然と崩れることもあるでしょうが」

「……？」

「家畜たちは毎日草を食《は》みますが、大地からは自然にまた草が生えます」

暗い草原を見渡すように、青嘉が言った。

「そういう世界の一部として生きているだけではありませんか。純霞様も、お腹の子も……あなた自身も」

冷たい空気の中、音がしそうなほど星が瞬《またた》いている。

「一人の人間にできることは限られていて、きっかけはきっかけに過ぎません。一人一人がその中で選択した結果が、今です。――少なくとも私は、何も後悔していません」

空の色を映したような双眸《そうぼう》が、雪媛に向いた。

「あなたは、私を傍に置いたことを後悔していますか」

天上を覆う、果てしない闇と光。それは二人の足元にまで続いている。

雪媛は少し俯《うつむ》き、青嘉の肩に額を押しつけるようにして寄りかかった。

青嘉の体温が伝わってくる。

都から逃げて以来、ずっと傍にあったその温もり。

それもまた、地続きの現実だった。

「――してない」

雪媛は目を閉じる。

それきり、互いに言葉は交わさなかった。

翌朝、雪媛はシディヴァにもらった米で粥を作った。その湯気を上げる椀を見た純霞は目を瞠《みは》り、そして嬉しそうに口に運んだ。

それからしばらくして、純霞は女の子を産んだ。

小さくはあったが、それでも懸命に泣く赤ん坊だった。


鳥が羽を広げて飛んでいる。

雪媛は空を仰いだ。

隊列を組むように、渡り鳥たちが大地に模様のような影を作った。

ユルタの前に据えられた椅子に腰かけながら、純霞が眩《まぶ》しいものを見るようにそれを見送る。

「渡り鳥だわ」

大地はいまだ荒涼としていて、瑞燕国の基準からすれば春の兆《きざ》しは感じられない。それでも、日中の肌寒さが、僅かに和《やわ》らいだような気がする。

雪媛の腕の中にある赤ん坊の瞳に鳥の影が映り、それを捕まえようとするかのように腕を上げて「あー」と声を上げた。桃のようにふくふくとした頰の丸みが愛らしい。風はまだ冷たい。冷えないように、大判の毛織物ですっぽりと包んでやる。

ナスリーンが赤ん坊の顔を覗き込んだ。その小さな手に指をあてがうと、ぎゅっと握り返してくる。それが楽しいらしく、何度も繰り返しては嬉しそうに声を上げる。

「目元は純霞似で、鼻は永祥よね」

「あらそう？　永祥は、目が自分に似てるって言ってるけど」

愛珍《あいちん》と名づけられた純霞と永祥の娘は、無垢《むく》な瞳を空へと向けている。

「口元は……お姉様に似てるわ」

懐かしそうに、純霞が呟いた。産後、しばらく起き上がれずに辛《つら》そうだった純霞も、最近は随分と顔色もいい。

早産だった愛珍は生まれた時には身体が小さく皆が心配したものの、今ではよく乳も飲み、元気な泣き声をあげるようになっていた。

抱くと日に日に腕に感じる重みが増す。それを確認する度《たび》、雪媛の胸の中にある暗い泡のようなものが、弾《はじ》けて消えていく。

乳搾《ちちしぼ》りに行くのだろう、桶《おけ》を片手に通りがかった女たちが愛珍を見て目を細めた。隣のユルタで暮らす幼い少年が駆けてきて、「これ」と雪媛に向かって手にした何かを差し出す。

「ヤルグイの花だよ。愛珍にあげる」

青紫色の花弁が、白や灰色の世界に慣れた目に鮮やかに飛び込んできた。

「あら、ヤルグイが咲いたのね」

隣でナスリーンが目を輝かせる。

「ここでは、春一番に咲く花なのよ」

「そうなの？　じゃあ早速、鳥が春を運んできたのね。ありがとう、トゥフタ」

純霞が礼を言い、雪媛は膝をついて少年の目の高さまで愛珍を下ろした。少年は愛珍のおくるみに花を挿《さ》し込んでやる。一人っ子の彼は、この赤ん坊を妹のように思っているらしい。暇《ひま》があれば構いにやってくる。

花弁に頬ずりするように、赤ん坊が身じろぎした。初めて目にするその可憐《かれん》な花に興味津々《しんしん》なのか、目をくりくりとさせている。

思わず雪媛の口許《くちもと》にも笑みが浮かんだ。

「よかったねぇ、愛珍。綺麗なお花だ」

少し照れたように少年は駆けていく。

それと入れ違いに、永祥がやってくるのが見えた。

「永祥、どうしたの。ひどい顔色」

青白い顔で背中を丸めてよろよろと歩く永祥に、ナスリーンが驚いて声を上げた。

「ここへ来る途中、子どもが生まれたお祝いにってあちこちでクミスを振る舞われて……うう……」

口許を手で押さえて、永祥が呻く。

クミスとは馬乳で作られた酒で、かなり酸味の強い独特な味がする。特有の臭気《しゅうき》を持つことからも、瑞燕国から来た人間からすると、相当に苦手な部類に入った。純霞は極力口にしないようにしていたし、雪媛もできれば避けたいと思っている。唯一《ゆいいつ》、青嘉は平然と飲み干していた。

純霞が立ち上がって駆け寄り、背中をさすってやる。

「もう、無理して飲まなければいいのに」

「だって、愛珍のために祝ってくれてるのに……」

「愛珍、お父様がお辛そうだなぁ」

雪媛が永祥のもとに愛珍を連れていく。娘を見た永祥は苦しそうな表情を一変させ、相《そう》好《ごう》を崩した。

「愛珍！　父様がいいものを持ってきたぞ！」

永祥は抱えていた包みから、ごそごそと何かを取り出し始める。手にしたのは小さな太鼓のようなもので、振るとカランカランと音が鳴った。

「これ、作ったの？」

「うん。赤ん坊の時にいろんな玩具《おもちゃ》で遊ばせるのは重要なんだって。今後の成長にも影響するらしい」

「それも書物に書いてあったの？」

少し呆れて、しかし嬉しそうに純霞が笑った。

永祥は子どもがあまり好きではない、と以前純霞は言っていた。自分の子どもに対して、愛情を傾けてくれるだろうか、と。その心配が杞憂《きゆう》に終わり、安堵《あんど》しているのだろう。

「あとね、これも作ったんだ！　ほら！」

いそいそと取り出したのは、四角や鉤《かぎ》型に整えられた小さな木製の積み木に見えた。四角い木枠を地面に置くと、永祥はその中に積み木を嵌《は》め込んでいく。

「これはね、ひとつひとつ大きさも形も違うんだ。でも、この枠の中に嵌め込んでいって、ぴったり方形になる組み合わせがひとつだけある。さぁ愛珍、できるかなー」

「いきなり高度すぎるわよ」

今度は本当に呆れたように純霞が眉を寄せた。

「まだ生まれたばかりなのよ？　これはもう少し大きくなってからね。持って帰って」

「そんな、せっかく作ったのに！」

「近くに置いて、間違って口に入れたら大変じゃないの」

「じゃあこれは？　文字を書いた札！　組み合わせて言葉をいろいろ作れるよ！」

「……まだ泣くことしかできない子どもに、何をやらせようとしてるのよ。無理に決まってるでしょ！」

「ええ？　僕、一歳の頃には簡単な書物を読んでたって父さんが言ってたけど」

「お前のような天才と一緒にするな、永祥。お前の子どもとはいえ、この子も同じとは限らないぞ」

すると永祥は何度か瞬き、そして「ああ」と考え込むような顔になった。

「そうか、一般的にはできないことなんですね？」

「もはや嫌味だな」

「そういうことは書物に書かれてなかったのかしら」

少し刺々《とげとげ》しく言って、純霞が肩を竦《すく》める。

腕の中で、愛珍がぐずり始めた。

「お乳かな」

雪媛は泣き方からと判断して、純霞に赤ん坊を渡す。

「ちょっとあげてくるわね」

純霞は娘を抱いてユルタに入っていく。

温もりを失った腕が、少し寂《さび》しく感じた。

「永祥、これやってみていい？」

ナスリーンが興味深そうに、永祥の持参した玩具をいじり始める。いろいろと組み合わせを試しては、小難しい顔で考え込んでいた。

「やだ、結構難しい……」

雪媛も加わって、ああでもないこうでもない、と動かしてみる。

ふと顔を上げると、遠くに騎影が揺らめいていた。

先頭にいるのはシディヴァ。その後をユスフが。そして幾人かの男たちが続く。その中に、青嘉の姿もあった。すっかりシディヴァに気に入られた青嘉は、以前にもまして彼女にあちこち連れ回されているようだった。その分、こちらへ顔を出す機会は減っている。

「今度、シディが競馬を催すんですって」

ナスリーンが言った。

「競馬?」

「みんなで馬で駆けて、誰が一番速いか競うのよ。大人も子どもも、男も女も関係なく、一番に到着した人が勝者。馬をいかに操るかは優秀な騎兵の条件だもの。いざって時にはここの人たち、女や子どもでも結構強いのよ」

「へぇ……」

「勝つとシディから豪華なご褒美《ほうび》がもらえるの。青嘉も参加するんですって」

「シディヴァ様も?」

「シディ? いいえ、今回は出ないって言ってた。自分が出ると、いつも一等になっちゃうから」

「ああ、なるほど。主君を負かすわけにはいかないだろうからな」

「あら、違うわ！　そういう変な気遣いなんてここには皆無よ。シディが最高の乗り手なの！」

「ふぅん……」

遠ざかっていくシディヴァの姿を目で追った。

確かに、自分の手足のように馬を操っているのがわかる。

「あ、できた！」

ナスリーンがぴったりと枠の中に積み木を嵌め込み、歓喜の声を上げた。

「ねぇねぇ、これにそれぞれ綺麗な色をつけたら可愛いわね」

「む、なるほど」

永祥がふむふむと考え込む。

草原の彼方《かなた》から流れてくる風が、雪媛の髪を揺らした。出産期を迎えた家畜たちの、にぎやかな声が届く。

（ただ、ここに生きている――）

じっと目を瞑る。

風の中に、少し湿った匂いが混ざった気がした。

雨が降りそうだ。

空はまだ明るかったが、ぽつりと頬を打った雨粒に青嘉は片目を瞑った。

馬から鞍を下ろしながら、そういえばここへ来てから、雪は降っても雨が降るのを見たことがなかったたと思い返す。

「やっと降ったか」

静かに降りだした雨に、隣で馬具の手入れをしていたユスフが嬉しそうな声を上げる。

「え？」

「今年初めての雨だ」

「このあたりは、雨が少ないのか？」

「ほとんど降らない。中でもこの時季の雨は特別。『春の初雨《はつあめ》で大地が融《と》ける』――草原では、皆そう言うんだ」

ユスフは笑みを浮かべながら、雨粒を受け止めるように大きく両手を広げて天を仰ぐ。頬を、肩を、胸を雨が打つが、気にしない。心地よさそうに雨を浴びている。

すぐ傍にいたシディヴァもまた、彼と同じように雨を受けていた。じっと瞼を閉じ、その恵みを自分の身体にも染《し》み込ませるように。

彼女はふと目を開けると、青嘉の視線に気づいてにやりと笑みを浮かべた。

「長い冬が終わる。雨は、草原に生命が蘇《よみがえ》る前兆だ」

「生命が蘇る……」

青嘉もまた、天を見上げた。

雲は薄く、山の向こうからは光が差し込んでいる。

日光を反射しながら黄金色に輝く雨が、凍りついていた大地を濡らし、潤《うるお》していく。大した雨量ではなかったが、足元の土が湿っていくのを感じた。

気がつくと、雨音を耳にした者たちが外へ出てきて、ユスフやシディヴァ同様に雨を受けていた。その顔にはいずれも、喜びの表情が浮かんでいた。子どもたちが笑い声をあげて跳ねまわっている。

その中に、雪媛の姿があった。

空を見上げ、地面に縫い留められたように佇んでいる。右手をすうっと差し出して、雨をその掌《てのひら》に受ける。

ひとつに括られた黒い髪が濡れそぼり、艶々と輝いていた。ぽたぽたと雫《しずく》が伝って落ちていく。

じっと瞼を閉じ、雨に濡れ続ける。

あまり身体を冷やさないほうがいい、と青嘉は中へ入るように言おうと彼女に近づいた。

すると雪媛は、おもむろに履《は》いていた厚手の長靴を脱ぎ始めた。

ぎょっとする青嘉をよそに、雪媛はぽいとそれを地面に放り出す。長靴は弧を描き、ぬかるんだ大地に落ちて跳ねた。

裸足《はだし》になった雪媛は、髪を括っていた紐に手をかける。

ぱっと長い黒髪が流れ落ちて、扇《おうぎ》のように揺れた。

気がつくと雪媛は裸足のままで大地を蹴っていた。

天へ向かうように、大きく跳び上がる。子どもたちと異なるのは、拍子を刻むように洗練された跳躍だということだ。

雪媛は、舞を舞っていた。

見たこともない舞。

思うがままに、感じたままに身体を動かしているようだった。

周囲の人々が、彼女の舞に気づいて惹きつけられたように視線を向ける。

地面に彼女の白い足がつく度に、泥が跳ね上がる。その飛沫《しぶき》は彼女の衣だけでなく頬まで飛んでいた。しかし雪媛は気にする素振りもない。

雨粒が輝き、光が彼女を包んでいる。

喜びに沸き立つような笑みを浮かべながら、雪媛は雨を一身に浴びた。

六章

「──あの丘を回って、ここへ戻ってくる」

草原中に響き渡りそうなほど、よく通る鋭い声でシディヴァが言った。

右手に掲《かか》げた青い旗を、どんと地面に突き立てる。

旗には何の文字も書かれていないが、代わりに白い馬の絵が縫い取られていた。

「ここへ戻り、この旗を最初に手に取った者が勝者となる。勝った者には、左賢王《さけんおう》シディヴァの名において望むものをなんでもくれてやると約束しよう」

わあっと歓声が上がる。

すでに人々は馬に跨《またが》り、開始の合図を待っている。青嘉《せいか》もその一人だ。

周囲には観戦者が溢《あふ》れている。冬籠《ふゆご》もりから一転、最近は家畜たちの出産が続き目の回るような忙しさだった。そんな中での久しぶりの娯楽に、誰もが目を輝かせている。敷物を用意して食事をしながら観戦する家族、意中の相手を応援する娘たち、誰が勝つかを盛んに賭けている老人たちの姿もあった。

「青嘉殿、頑張って！」

雪媛《せつえん》の隣で、純霞《じゅんか》が手を振る。その横では永祥《えいしょう》が愛珍《あいちん》を抱いて、「ほら愛珍、お馬さんがいっぱいだねー」とにこにこ話しかけている。

「あら、あんたも出るの、ムンバト？」

ナスリーンが、出発地点に馬をつけた少年に話しかけた。

「当たり前だろ」

「シディが出ないからって、勝てると思ってるの？」

「見てろよ。一番に帰ってきてあの旗取ってやる！」

「ふーん。まぁ頑張って」

ナスリーンにいいところを見せたいのだろう、と雪媛は思った。しかしナスリーンはまったく気のない返事だ。

「用意！」

シディヴァが右手を高く上げる。

一瞬空気が張り詰めた。

さっとその手が下りると同時に、どぉんと大きな太鼓が打ち鳴らされる。

騎手たちが一斉に駆け出した。大地を蹴る数えきれない蹄《ひづめ》の音が、唸《うな》るように響き渡る。彼らの後には砂埃《すなぼこり》が舞い上がり、影がぐんぐんと遠ざかっていく。

「うわぁ、速い！」

目を丸くしながら純霞が声を上げる。もつれあうように密集した騎馬の集団は丘を目指し、視界の中ですぐに米粒のように小さくなってしまった。

「すごい迫力……」

すると、シディヴァが馬に鞍《くら》をつけて飛び乗るのが見えた。彼女の愛馬である、立派な体格の黒毛馬だ。ナスリーンが驚いて声をかける。

「シディ⁉　どこ行くの？」

「――やはり、見ているだけではつまらん」

言うや否《いな》や、ぱっと馬が駆け出した。視界を黒い影が横切り、風が舞い上がる。

先頭集団はすでに丘の麓《ふもと》まで到達している。今からそこへ加わるつもりなのか。皆がざわめき、遠のいていく彼女の姿を見守った。

まるで丘へ吸い寄せられていくかのように、シディヴァは一気に差を詰めていく。

「す、すごい、もうあんなところまで……」

目を疑うように永祥が身を乗り出して、何度も瞬《まばた》きを繰り返す。

「きゃあー！　シディ、頑張ってー！」

ナスリーンが飛び跳ねた。

「シディが入るなら、絶対勝つわよ！」


青嘉は徐々に速度を上げた。先頭を行くのはユスフだった。走りに余裕があるのがわかる。その後ろになんとか食らいついていく。

背後からも追い上げてくる者たちがいて、気迫がひしひしと伝わってきた。

（クルムの戦士は馬上で寝るというからな……さすがに誰もがよい乗り手だ。これで武器を持てば、この上なく強いに決まっている）

丘に差し掛かる。ここの曲がり方が勝負を左右するだろう。

（ここで、詰める――）

内側に入り込む。ユスフがちらりとこちらを見たのがわかった。

並んだ二人は互いに引かず、次の曲がり目に向けて一気に駆け抜けた。

この競馬に参加することを決めたのは、ここでの自分と雪媛の立場を少しでもよいものにしておきたいからだ。いずれ国へ戻るにしろ、ここでしばらく暮らすにしろ、シディヴァの心証がよいに越したことはない。強い者への賞賛と敬意を示すクルムの民《たみ》にとって、彼らが最も大事にしている馬を扱う技術が優れていることを示すのは重要だ。

(かなり、ぎりぎりだが……っ)

歯を食いしばる。少しでも気を抜けば、一気に突き放される。

その時、視界にひゅっと黒いものが入り込んだ。

「――!?」

青嘉は目を疑った。

自分とユスフに並んで、シディヴァが馬を駆っている。

(不参加では――)

そう聞いていたし、確かに出発した時には馬に乗ってすらいなかった。

(まさか後から、追いついてきたのか?)

ユスフもシディヴァに気がつき、「うわっ」と声をあげて苦笑いを浮かべている。

再び曲がり目に差し掛かる。

ここでユスフが一歩前に躍《おど》り出た。青嘉とシディヴァはそれに続く。ここを過ぎれば、あとは直線。青い旗をめがけて駆け抜けるだけだ。

鞭《むち》を打ち鳴らし、青嘉は馬を急《せ》き立てた。

シディヴァもまた、鞭を鳴らして速度を上げる。青嘉を追い抜き、ユスフに並んだ。

二頭の馬が、互いに競《せ》り合いながら進むのを青嘉が追う。

（くそっ、届かない……）

僅《わず》かずつだが、引き離されていく。

シディヴァが馬の頭ひとつ先行した。ここから更に追い込みをかけようとしているのがわかる。

（さすがに、左賢王か——）

馬上で二人が言い合っているのが漏《も》れ聞こえてくる。

「ユスフ、手を抜いたら許さんぞ！」

「誰が遠慮なんかするか！　今日こそお前に勝つ！」

自分の主《あるじ》だからと勝ちを譲る気など、一切なさそうだった。これが瑞燕国《ずいえんこく》であったら、皇帝を負かせるわけにはいかないからと、わざと速度を落とす者があるだろう。

青嘉は少し笑った。

こういうところは、とても自分の性《しょう》に合う、と思う。

その時だった。

再び視界を影が通り過ぎた。

長い黒髪がなびき、揺れている。

青嘉はぎくりとした。そのほっそりとした背中を、青嘉が見間違えるはずもない。

栗毛の馬に跨った雪媛が、青嘉を追い越して前方の騎影に猛追しているのだ。後方に目を向ければ、ほかの参加者たちとはかなりの距離ができていた。

(観衆の中にいたはずなのに――この人も、後から騎乗してここまで追い上げてきたのか⁉)

空気を切り裂くように駆けながら、雪媛はじりじりと二人に迫っていく。

ついに並ぶと、シディヴァがちらりと雪媛に視線を向けた。

驚いたようだったが、やがて昂《たかぶ》るような笑みを浮かべるのがわかった。

シディヴァはさらに加速させ、一馬身分抜け出した。負けじと雪媛も前に出る。

対してユスフは、僅かに二人に対して遅れ始めた。

歓声が耳に届いた。前方には興奮しながら待ち構える観衆と、そして大地に突き立てられた青い旗が近づいてくる。

「えっ、おい……なんだあれ」

「見ろ、先頭の」

「シディヴァ様と――」

「ほら、南人《なんじん》の……」

もはや、シディヴァと雪媛の一騎打ちだった。

途中から参加したはずの二人が、すべての参加者を抜き去って先頭を争っている。その状況に誰もが目を丸くしていた。

そして驚きが過ぎると、今度は大きな歓声がどっと沸き上がる。

互いに決して譲らなかった。

旗が近づく。

左右から、互いに手を伸ばした。

ほぼ、同時。

わあっと大きな歓声が上がる。

すぐには止まれない。それぞれ、惰性《だせい》でしばらくそのまま駆けた。

青い旗が揺れている。

雪媛の頭上で。

どよめきが起きていた。誰もが顔を見合わせている。

シディヴァがようやく馬を止めた。振り返り、僅かに荒い息を吐きながらなんともいえない笑みを浮かべている。悔しそうでいながら、それでいて興奮が収まらないというように。

その視線の先で、雪媛は軽い足取りで馬を旋回させていた。

楽しくてしょうがない、というような、晴れ晴れとした笑みを湛《たた》えながら。

宴《うたげ》は夜が更《ふ》けてからも続いた。捌《さば》かれたばかりの羊肉がふんだんに並び、甕《かめ》いっぱいに溢《あふ》れそうなほどの酒を皆が椀に汲《く》んで飲み干していく。楽器に合わせて歌う者、踊る者もいた。ユスフが弾《ひ》くクルムの琴《こと》に興味を示した青嘉が、熱心に弾き方を教わっている。

それを遠目に眺めていると、ナスリーンが背後から飛びついてきた。

「かっこよかったわ春蘭《しゅんらん》！　もぅ私、なんていうか、ぞわぞわって鳥肌が立って、はわぁ～ってなった！　シディが負けちゃったのは残念だけど……」

「シディヴァ様が駆け始めて、さらにその後に出たのに、よくもあんな見事に追いつけたものねぇ」

純霞もしみじみと感嘆したように言った。

酒を注いだ椀を手に、クルムの男たちが寄ってきては、

「春蘭に乾杯！」

と声をかけていく。中には「うちで作った酒だ」と雪媛にクミスを勧《すす》める者もいた。

「まさかシディヴァ様に勝つとはねぇ。大したもんだよ」

「ありがとう」

雪媛は礼を述べて、恭《うやうや》しく酒を飲み干す。空《から》になった椀を掲げると周囲から歓声が上がった。

するとムンバト少年がむっつりと不機嫌そうな顔でやってきて、

「次は勝つからな！」

と雪媛に対し宣戦布告した。

「無理じゃない？」

ナスリーンが冷たく言い放つ。

「うるせーな！　絶対勝つ！」

「あんた何番だったの？　最下位？」

「違《ちげ》えーよ！　ていうか見てなかったのかよ！」

二人を微笑ましく眺めていると、兵士の一人が声をかけてきた。

「――シディヴァ様がお呼びです」

「乾杯！」

いつの間にか、上座にあったシディヴァの席からその姿は消えていた。

「こちらへどうぞ」

雪媛は純霞に「ちょっと行ってくる」と声をかけて立ち上がった。少し心配そうな顔で純霞がこちらを見上げる。

連れていかれたのはシディヴァのユルタだった。宴の喧噪《けんそう》は遠ざかり、周囲はひっそりと静まり返っている。

中ではシディヴァが一人、ゆったりと寛《くつろ》いで酒を飲んでいた。

「座れ」

炎を挟んで、向かいに席が用意されていた。考えてみれば、彼女と二人きりになるのはこれが初めてだ。

酒壺《しゅこ》を手にシディヴァは立ち上がり、雪媛の椀にクミスをぼとぼとと注いでいく。泡立った白い酒が、器《うつわ》に溢れんばかりにたっぷりと満たされた。

「今日は見事だった。飲め」

雪媛は「ありがとうございます」と器を手にする。

正直なところこの味は得意ではない。それでも、一気にごくごくと飲み干した。そうすることが、ここでは最大の礼儀だからだ。

空になった椀をことりと置くと、挑むように見上げる。シディヴァは面白そうに口角を上げた。

「大抵の南人は、クミスが苦手でひどく顔をしかめるものだが――旨《うま》いか？」

「いいえ、残念ながら」

きっぱりと言い切ると、額《ひたい》に手をあててシディヴァが笑い声を上げた。

そして、ぱっと真顔になる。

「――俺も、好きじゃない」

そう言って、棚から酒瓶を一つ取り出した。

「俺はこっちのほうが好みだ。西域《せいいき》の葡萄酒《ぶどうしゅ》。飲むか？」

「はい、是非」

シディヴァが雪媛の椀に酒を注いだので、雪媛は「注ぎます」と酒瓶に手を伸ばした。にやっと笑ったシディヴァは、黙ってそれを手渡し、自分の空の椀を差し出す。

「この一杯はお前の勝利に捧《ささ》げよう。見事だった」

なみなみと葡萄酒が満たされた椀を高く掲げ、ごくりと飲み下した。

「約束だ。望みがあればなんでも叶えよう」

「正規の参加者ではありませんので、いただく資格はないかと」

「関係ない。勝者に報《むく》いることができねば、俺が皆に謗《そし》られる」

「私はただ、走りたかっただけです」

それは本心だった。

躍動する馬たち、目を輝かせる騎手たち。見ていて、心が躍った。

気がつくと馬に跨っていた。馬とひとつになり、風とひとつになり、世界とひとつになっていた。

大きな笑い声が弾《はじ》ける。心底愉快そうだった。

「お前も青嘉も、南人にしては気骨がある！」

「私は、尹《いん》族の出身です」

ほう、とシディヴァは低い声で言った。

「元を辿《たど》れば、あなたとは同族になります」

「――農耕は、人を奴隷にする」

せせら笑うようにシディヴァは酒を口にした。

「自分たちが上手《うま》く管理しているつもりでも、作物の出来に左右され、依存し、土地に縛られる。不自由な生き方だ。そんな道を選んだ尹族は、俺たちとは決定的に違う。――そして今や、国も失い本物の奴隷になり下がったようだな」

「……だから、クルムでは農耕は行わないのですか？」

「土を掘ると地下に住まう竜が暴れ、地の神が怒るという。鍬《くわ》を大地に突き立てることは冒瀆《ぼうとく》だという老人もいるな。──俺はそんな信心深さは持ち合わせていないが、気持ちは理解できる。あるがままのもの、自分を生かすこの世界を、自《みずか》ら壊し手を加えるのは傲慢《ごうまん》というものだ」

「寒波によって家畜が死ねば食うに困るはず。実際、そういった年には瑞燕国の国境でもクルムによる略奪が多いと聞きます。穀物を生産し、備蓄しておけば飢えは凌《しの》げます。自分たちが生き延びるために、考え工夫し対処をするのは必要なことでは？」

「南人らしい考え方だな」

つまらなそうにシディヴァは言った。

「強いものが生き、弱いものは消える。怪我《けが》した者、病《やまい》を得た者、年老いた者は朽《く》ち果てるのみ。それが草原の理《ことわり》よ。この過酷な環境では、そうでなければ生き延びられない。そうして我らは生かされている。足りないのなら、ある場所から調達すればいい。それだけのことだ。俺たちが生き方を変える必要はない」

「弱い者は、死んでも仕方がないとお考えですか」

「南人には、長幼《ちょうよう》の序や、孝行という観念があると聞く」

「……？　はい」

「温暖で、肥沃《ひよく》な大地を持ち、余裕のある暮らしの中でなら、それも美徳と受け入れられるのだろう。ここでは違う。余命いくばくもない足腰の立たぬ老人に食糧を差し出せば、残った若く健康な者が生き延びる可能性は低くなる。若い労働力が消えれば、部族全体が生き残る目がそれだけ減る。これは必要かつ必然的な選別だ。皆、それを当然として受け入れる。自分の番もいずれやってくる。私も、怪我をして動けなくなれば、あるいは老いぼれてしまえば放逐《ほうちく》されるだろう。──それでいい。どうすれば生命力のある者が生き残る可能性を高められるか。草原で考えるのはそれだけだ」

シディヴァは葡萄酒を飲み干し、ぐっと唇を拭《ぬぐ》う。

「選別をするのは私ではない。世界だ」

片方の黒い瞳が、ぎらぎらと輝いている。

「そして、女だろうが、目をひとつ失おうが関係ない。世界が、私を選ぶ」

それで、とシディヴァは雪媛をじっと見据えた。

「お前はどうなのだ──柳《りゅう》雪媛」

その名が正確に発音された瞬間、雪媛は息を詰めた。

しん、とユルタの中は静まり返る。火が爆《は》ぜる音も聞こえない。

確信があるのか、それとも試しているのか。

雪媛は無言のままシディヴァの視線を真正面から受け止めた。

「俺は冬眠する獣ではないのだぞ。ただ雪に埋もれて過ごしているだけだと思ったか」

愉快そうにシディヴァは肩を揺らす。

「瑞燕国では、ある女を探し出すよう触れが出ているそうだ。神女と呼ばれ、二代にわたる皇帝の愛妾《あいしょう》、尹族出身の柳雪媛――内乱の混乱に乗じて行方《ゆくえ》をくらましたとか。そして、頰に傷のある男と行動をともにしている、と」

「……瑞燕国の内情は、この地までよく伝わっているのですね」

「間諜《かんちょう》くらいは潜《ひそ》ませてある」

すうっと息を吸うと、雪媛は自分を落ち着かせた。

「私の正体を知りながら、放置していたのですか」

「俺は瑞燕国の人間ではない。お前を捕らえて突き出す義理はないな」

「私を、交渉の道具にするおつもりでしょうか」

「そんな真似をしなければ、俺が瑞燕国に勝てないと思うのか？」

不愉快そうに眉を寄せる。

「別に大した理由はない。今ここで話したのは、ただ本当のお前と話がしてみたいと思ったからだ。偽《にせ》の名で呼ぶのは好かぬ。言葉には命があるからな」

「命……」

「悪い言葉は悪い未来を誘う。よい言葉はよい未来を呼び込む。真の名を呼ばねば、真の想いは返ってこぬ」

どこまで本心なのだろうか。

雪媛は無言で、シディヴァの空になった器に酒を注いでやった。

「今日確信した。お前は、俺と同じ匂《にお》いがする」

「……瑞燕国を、攻めるおつもりでしょうか」

「カガンの意向だ。俺は瑞燕国だけでなくすべての国を攻略するつもりだが、支配はしても統治することはないし、そこに住むつもりもない。税と兵の徴収さえできれば、あとは今まで通り皇帝による自治を認める」

だが、とせせら笑うようにシディヴァは唇を曲げた。

「瑞燕国では、二人の皇帝が並び立ったと聞く。どちらが生き残るかな」

「二人……」

「かつての皇帝――つまりお前の夫だった男と、その弟だ。攻め込んだ弟が都を占拠し正統な皇帝を名乗ったらしい。都から逃げた元皇帝のほうは、第二の都市浙鎮《せっちん》を拠点にして都の奪還を狙っているそうだ」

　では、碧成《へきせい》は生きているのか。

　雪媛は僅かに安堵《あんど》した。そして、安堵した自分にいささかの意外さを感じた。薬を盛り、いずれ殺そうとしていた相手。雪媛を追い詰め、非道な真似をした男。それでも、出会った頃の幼かった彼を思い出すと胸が疼《うず》く。

「近々、俺はカガンのいる都へ向かう。東西からあらゆるものが集まる交易《こうえき》の要衝《ようしょう》にある。――お前も一緒に来るか？」

「都へ、ですか？」

「クルムの政《まつりごと》の中枢《ちゅうすう》だ。実質的な統治の実務は、この都にいる者たちが担《にな》っている。そこで我らに仕えるのはクルムの民だけではない。南人もいれば、西域の者もいる。クルムの民は戦士としては優秀だが、読み書きできる者は少ないのでな。お前も、望むなら何か役職を用意してやってもいい」

「え？」

「クルムはどんな者でも受け入れる。優秀な者であれば猶更《なおさら》だ。――青嘉は将の器だな。一軍を与えてもいい。瑞燕国攻めに参加したくないというなら、それは免除する。強要するつもりはない」

意外な申し出だった。

「……信用できるのですか、私たちを。敵国の人間です」

「国も言葉も習慣も、同じであったところで、同じ人間ではないのだからわかり合うなど不可能だろう。わかり合えない、共感できない、それで当然だ。それをどんな形であれひとつにまとめる、それが為政者だ。信仰を手段にする者、武力を手段にする者、やり方はいろいろある」

シディヴァは器を掲げて雪媛を見据えた。

「なぁ、俺も生まれた時から強かったわけじゃない。それは、お前も同じだろう雪媛」

「………………」

「女に生まれたからといって、いつまでも弱者の側《がわ》にいるつもりはない。自らの力で、ここまで来た。俺が支配する世界では、誰も俺を縛るものはない。世界が俺を選択する以上、俺は自由だ」

（自由……）

「お前も同じだろう。俺とやり方は違えど、力を――自由を得るために戦ってきたんだろう？　それがわかっていれば、十分だ」

考えておけ、とシディヴァは言った。

「東と西を繋ぐ道は、いまやその大部分が我らの支配下にある。皆が誰にも邪魔されず自由に交易し、行きたいところへ行ける。必要になれば、奪わずともどんなものも手に入るようになる。俺が考えるのはそんな国だ」

「……自由に、行きたいところへ……」

「クルムには、死は悦《よろこ》びの終わり、という言葉がある」

そう言って、酒を呷《あお》る。

「せっかく生きているんだ。悦びの多い時を過ごすほうがいい。そう思わないか」

雪媛は、じっと自分の手の中にある器で揺れる酒を見つめた。

「それで、今日の勝利の褒美《ほうび》はどうする。何か思いついたか？」

雪媛は酒を一気に飲み干した。ふう、と息をつく。

「では――シディヴァ様の首をいただけますか？」

隻眼《せきがん》がじろりと雪媛を見下ろした。

「ふふ」

シディヴァは笑った。

「獲《と》れるなら、な」

そう言って、ぱしりと自分の首を叩いた。

雪媛も微笑む。

「――やはり、もう少し考えてみます」


その日以降、雪媛に対するクルムの人々の態度は一変したようだった。

雪媛が歩いていれば誰もが声をかけ、ある者は羨望《せんぼう》の眼差《まなざ》し、ある者は敬意をもって、ある者は対抗心のようなものを宿しながら接してくる。

雪媛が『柳雪媛』であることは、いまだ公《おおやけ》にされてはいないようだった。恐らくシディヴァとその側近だけが知っているのだろう。ナスリーンも知らないのか、今も彼女を春蘭と呼ぶ。

「わかりやすいな」

雪媛は髪を解き、梳《くしけず》りながら呟《つぶや》いた。

「何が？」

ようやく寝付いた愛珍を愛《いと》おしそうに眺めながら、純霞が尋《たず》ねる。

「瑞燕国では、権力を得るに必要なのは人脈と金、それにうまい餌《えさ》と脅《おど》し方だ。だがここでは、自らの力を見せつけること、他者に勝る強さを発揮することが何より重要だ」

だからこそ、女であるシディヴァが左賢王として君臨することもできる。人々が従うのは、彼女が女だからでも、カガンの子であるからでもない。誰より強いから――彼女に従うことが、自分たちが生き延びるための最も有効な手段であると判断しているからだ。

「単純なようで、真理でもある」

（そして、シディヴァはやがて殺される。その途端、皆が従っていた強さが消え人々は離散するだろう）

そうして、クルムは力を失っていく。それが歴史の筋書きだった。

（でも――）

シディヴァが生き残れば、どんな未来があるのだろうか。

（世界が、彼女を選べば――）

「ねぇ、雪媛。今夜ね、永祥がここへ来るから」

寝支度をしながら純霞が言った。

「久しぶりにこの子と一緒に、家族三人で過ごそうと思うのよ」

「そうか。それはいいな」

頷いて、雪媛はすぐに、おやと思った。

純霞はにこにこと笑っている。

「だからね、今夜は永祥のユルタで寝てもらえる?」

「………」

雪媛はしばらく何も言えず黙り込んだ。

永祥がここへ来る。

永祥のユルタには青嘉が一人残される。

「……純霞、それは……」

「あ、来たみたい」

扉を叩く音がして、永祥が顔を出した。少し不安そうな面持《おもも》ちで雪媛を見ると、「えーと」と入り口で足を止める。

「さぁ、雪媛。家族の時間を邪魔しないでちょうだい。ほら、出て出て」

急き立てられるように背中を押され、外へと放り出される。

「えっ――おい、純霞!」

春になっても、夜は極寒だ。薄着だった雪媛はぶるりと震えた。

「せめて上着を――」

「ああ、夜は冷えるわね。ほら、早く向こうのユルタへ行かないと、風邪《かぜ》ひいちゃうわよ」

じゃあね、と眼前で扉を閉められてしまう。

中から、永祥が「本当に大丈夫……？」と心配そうに呟くのが聞こえた。

（これは……）

愕然《がくぜん》として雪媛はその場に立ち尽くした。


「本当に大丈夫……？」

永祥がそわそわとしながら腰を下ろす。

「いいのかな、こんなことして」

「いいのよ！　あの二人ったら煮え切らないんだもの。見ているこっちが歯がゆいわ」

純霞はようやくすっきりした、というように腰に手を当てる。

「これくらいのきっかけがなくちゃ、何も進まないわよ。それで、青嘉殿には上手く言ってきたの？」

「あー、うん。僕は星の観測に出るって言って出てきたから、疑ってないと思う」

「問題は雪媛より青嘉殿だと思うのよねぇ。完全に線引きしている感じで……」

ふう、とため息をつく。

永祥がくすりと笑った。

「なによ」

「純霞がそんなお節介を焼くなんて」

「……お節介、とは少し違うわ」

眠っている娘の柔らかな頰を、指先で優しく撫でてやる。

「雪媛に幸せになってほしいのよ。もう全部忘れて、自分のことだけ考えたっていいと思うの。私に、そういう道をくれたように」

「それをお節介っていうんだよ」

「……やっぱり、余計なことだったかしら」

少し不安そうに唇を突き出す。

「自分が幸せだからって、これってただの押しつけ？」

「まぁ……ここから先は、選ぶのはあの二人だよ」

永祥も、すやすやと寝息を立てる愛珍を覗き込む。

「僕らにできるのは、きっかけを与えることだけ。そこからは、彼らの選択だもの」

どうしたものか、と雪媛は考え込んだ。

冷たい風が吹きつけ、思わず両手で身体を抱え込む。このままここにいては、朝を待たずに凍死してしまう。

中に入れてくれ、と言っても純霞は扉を開けないだろう。

これは策略だ。

（余計なことを……）

仕方なく雪媛は歩き始めた。

息が白い。凍《こご》えそうなほど寒い。

向かったのは、永祥のユルタ――ではなく、シディヴァのユルタだった。

「あら、春蘭！」

シディヴァの膝に頭を乗せてごろごろと横になっていたナスリーンが、明るい声を上げた。

そういえば、ナスリーンはシディヴァと寝起きをともにしているのだった。最初は別のユルタを与えられたらしいが、ひとりは嫌だと言って無理やりここに居座っているらしい。

「……夜分に申し訳ありません。シディヴァ様にお願いがあってまいりました」

「なんだ？　俺はもう寝る」

「一晩、ここに置いていただけないでしょうか」

「お前には寝床《ねどこ》をあてがっているだろう」

「今夜は、純霞たちが一家水入らずで過ごしたいというので……」

「あいにく、俺とナスリーンだけで寝台が埋まる」

「床《ゆか》で構いません」

「それが、この間の褒美でいいのか？」

「…………」

いくらなんでも、クルムの左賢王から得た有効な手札をこんなことで使うのか、と雪媛は黙り込む。

「もう、春蘭ったら察してちょうだい！　私とシディの熱い夜を邪魔しないで！」

「…………」

「永祥のユルタがあるじゃないの。ね、シディ？」

「そうだな」

にこにこと、しかしきっぱりと出ていくように目で訴えるナスリーンを見て、雪媛は悟った。

（純霞が手を回したな）

「………失礼しました」

雪媛は踵《きびす》を返し、再び冷気漂う草原へと追い出された。

（どうする……）

空を見上げると、月が出ていた。

同じ月を見ているはずなのに、瑞燕国に浮かんでいた月とこの草原を照らす月は、まったく別物に思われた。

玉瑛《ぎょくえい》が最期《さいご》に見上げた月はあんなにも冷たかったのに、ここはこんなにも寒いのに、それでいて月の光は何故《なぜ》か温《ぬく》もりを感じさせる。

（だからといって、身体が温まるわけではないが……）

点在するユルタからは、いずれも白い煙が立ち上っていた。夜の間もずっと火を焚《た》いているのだ。そうでなければユルタの中にいても凍えてしまう。

（外にいれば、当然死ぬな）

雪媛は少しでも身体を動かして温めようと、ユルタの間を歩き回った。

やがて、足を止めた。

集落とは少しはぐれて立つ、ひとつのユルタが見える。

ここもまた白い煙が立ち、闇の中へ溶けるように消えていく。

中には、青嘉がいる。
扉の前で、足を止めた。
そのまま、雪媛は動けなくなった。

七章

青嘉《せいか》は一人、燃料を足して火を繋いでいた。朝が来る前には消えてしまうだろうから、夜中にまた追加する必要がある。そういう生活にも慣れた。今では、火が消えそうな時間に自然と眼が覚める。

永祥《えいしよう》は星の観測のため、山へ登ると言って出ていった。そんな夜は今までも時折あったので、青嘉は特段気にしていなかった。

ふと、顔を上げた。

何か、すぐ近くで音がした気がした。

少し警戒して、扉をじっと見つめる。生き物の気配を感じた。羊が柵から出て迷い込んできたのだろうか。

しかし、それは動く様子がない。

音を立てないように、近くに置いてあった剣に手を伸ばす。追っ手がついにここまでやってきたのかもしれない。中の様子を窺《うかが》っているのか。

シディヴァに正体が知られた、と雪媛《せつえん》からは聞いていた。クルム側には今のところ、雪媛に手出しするつもりはないようだ。だが、もし考えが変わって——あるいは、例えばユスフあたりが独断で、雪媛と青嘉を排除しようとすることもあり得る。

息を殺し、慎重に扉に手を伸ばした。

剣を引き抜き、ぱっと扉を押し開く。

「——っ！」

雪媛が、驚きに目を見開いて立っていた。

「雪媛様——？」

慌《あわ》てて剣を下ろす。

「失礼しました。敵襲かと……」

こんな夜更《よふ》けにどうしたのだろう、と改めて雪媛に目を向けると、ひどく薄着で寒そうにかたかたと震えている。細い身体を自分で抱くようにして、身を縮めていた。

「どうしたのですか⁉　早く中へ——」

「……やっぱり、いい」

雪媛は小さくそう言って、一歩下がる。

「え!?」

「なんでも、ない」

震えながら歩き出そうとする雪媛を、慌てて捕まえる。

「何を言ってるんですか！　こんな薄着で……」

「べ、別に、へ、へ、へい、き……」

歯の根が合っていない。

青嘉は無理やり腕を引っ張って、彼女をユルタの中に押し込んだ。

明かりに照らし出されると、雪媛の顔は真っ青で、唇も青くなっているのがわかった。

「一体、どれくらい外にいたんですか？」

「…………」

「もっと火の近くへ！」

青嘉は毛織物の上着を取り出して、雪媛に着せてやる。その時に触れた肌が氷のように冷たくて、ぎくりとする。

純霞《じゅんか》とともに暮らすユルタからここまでは距離があるし、上着もなしにやってくれば冷えるだろうが、ここまで冷たいとなると相当な時間、この寒空の下にいたのだろう。上着の上からさらに布団で包《くる》んでやる。

湯を沸かし、椀に注いで差し出す。

震える手でそれを受け取った雪媛は、少しずつそれを口に含んだ。

「何があったのですか？　純霞様は？」

「……追い出されて、きた」

「はい？」

「今夜は一家三人、家族団欒《だんらん》がしたいそうだ」

「では、永祥殿がそちらに？　星の観測に行くと……」

そこまで言って、青嘉は口を噤《つぐ》んだ。

雪媛は目を逸《そ》らしている。

さすがに、どういうことか察した。

「……あの、私がユスフ殿か誰かに頼んで別のユルタへ……」

「無駄だ。断られる」

「え？」

「我らが瑞燕国《ずいえんこく》の元皇后《こうごう》は、なかなかの策略家だ」

湯を飲み干して、息をつく。いくらか震えが収まってきたようだ。

国を出て以来、雪媛と二人きりになることも、同じ部屋で夜を過ごすことも、今まで幾度もあったことだ。

もちろん、そこには何もなかった。そう考えれば、特段驚く状況でもない。

青白い雪媛の顔を覗《のぞ》き見る。

こんなにも凍えるほど、ここへ来ることを躊躇《ためら》ったのだ。青嘉を避けているとは思っていたが、そこまで拒絶されているのか、と思う。

青嘉は本で埋もれた寝台を片付け始めた。それは永祥の寝台だが、いつも物で埋まっているので、彼は隅に丸まるようにして寝ている。

「私がこちらを使いますので、雪媛様はそちらをどうぞ」

そう言って、いつも自分の使っている寝台を指した。

「なんでだ。こっちがお前のだろう。私は永祥のほうでいい」

「……いえ、それはなんとなく嫌なので」

「は？」

そもそも雪媛は二代にわたり皇帝の寝所《しんじょ》に侍《はべ》っていたのだから、こんな小さいことを気にするほうがどうかしているとは思ったが、それくらいは許してほしかった。

雪媛が自分に求めているのは、忠実な臣下であることだ。

これ以上おかしな欲を見せれば、傍《そば》にいることすらできなくなる。

自分にそう、言い聞かせた。

「お前、珠麗《しゅれい》との婚礼はどうなった」

その話題は、都を出て以来初めてだった。

「……あの内乱で、それどころではなくなりました」

「婚礼の当日に花嫁を置き去りか。とんだ恥をかかされたと、今頃怒っているのではないか」

「どうして今、義姉上《あねうえ》の話なのです」

「瑞燕国に、未練があるのではないかと思っただけだ」

「未練があるとしても、義姉上のことではありません」

「……そうか」

「あの」

青嘉はつかつかと雪媛に歩み寄ると、どかりと正面に腰を下ろした。

「義姉上のことは、すべて俺の中では終わったことです。申し訳ないことをしたとは思っていますし、機会があれば何らかの形で償《つぐな》いたいとも思っています。ですが、あの方は俺の兄の妻で、甥《おい》の母です。もう、それだけですので！」

きっぱりとした口調で言い切る。

雪媛は少し驚いたように瞬《まばた》き、そして、「そうか」とだけ言って目を伏せた。

まだ末端が温まらないのだろう、両手の指先をずっと擦《こす》り合わせている。

青嘉は沸かした湯を桶《おけ》に注いで、少し水を足した。指先で熱すぎないことを確認すると、それを雪媛の前に置き、おもむろに彼女の両手を取る。そうして冷えたその手を、桶の中に差し入れた。

雪媛は何も言わず、されるがままになっている。

「熱くないですか？」

「……ああ」

長く細い指が赤くなっている。青嘉はそれを優しくほぐすように、湯に馴染《なじ》ませた。

水音だけが僅《わず》かに耳に届いた。

「……私は、シディヴァと一緒に、クルムの都へ行こうと思う」

雪媛が口を開く。

それは、瑞燕国へは戻らないと――少なくとも、すぐには戻らないつもりだ、ということだった。

「仕《つか》えるのですか？」

「そこまではまだ、考えていない」

シディヴァがもうすぐ命を落とすという事実を、雪媛は知っているのだろうか。そうなれば、混乱の渦中《かちゅう》に身を置くのは危うい。

「お前は、国へ戻りたければ、戻ってもいい」

青嘉は何も言わず、湯に浸《つ》かる雪媛の手を静かに見つめた。

「環王《かんおう》なら、お前を迎え入れてくれるだろう。私のことは死んだと言えばいい」

「……もう、戻らないおつもりですか」

「わからない」

雪媛は僅かに俯《うつむ》いた。

「これからどうなるかは、私にもわからない。だからお前に、ついてこいとは言えない。お前が、選んでいい」

「このところ、私を避けているのはそのせいですか？」

「…………」

「私が、国へ帰ったほうがいいとお考えですか」

「…………円恵《えんけい》の毒を、飲んだ時……」

「え？」

「死ぬと思ったんだ。本当に、死ぬんだと……息ができなくて、苦しくて……」

思い返すように、雪媛は眉を寄せる。

「そう思ったら、お前のことを考えた」

意外な言葉に、青嘉は動きを止めた。

浸《ひた》していた湯の中で、雪媛が青嘉の左手を握る。雫《しずく》をぽとぽとと落としながらその手をゆっくりと自分に引き寄せると、そっと頬を寄せた。

「死ぬなら、お前の手で、殺してほしいと思ったんだ」

雪媛は瞼《まぶた》を閉じた。掌《てのひら》から、雪媛のまだひんやりとした頬の感触が伝わってきた。色を失っていた唇は、いつの間にか赤く浮かび上がっている。

それはまるで、どこか陶酔しているような表情に思えた。

「私が死ぬ時は、お前が殺してくれるんだろう？」

睫毛《まつげ》が揺れ、静かに瞼が開いて、深淵《しんえん》を覗く瞳がこちらを振り仰ぐ。

青嘉は僅かに息を呑んだ。

無意識に、雪媛が引き寄せた手に力を籠《こ》めていた。そしてそのまま、彼女の身体に腕を回す。

「……生きて、ください」

雪媛の身体を抱き寄せながら、絞り出すように囁《ささや》く。

「死なないでください」

「青《せい》――」

「私が守れるように、傍にいてください」

肩に重みを感じた。雪媛が、頭を埋《うず》めるように寄りかかる。

濡れた指が、僅かに青嘉の衣《ころも》を摑んだ。

「…………………うん」

小さな声が、耳元で聞こえた。

細い身体を抱く腕の力を強めながら、青嘉は目を閉じる。

雪媛の体温を感じる。

鼓動を感じる。

彼女が生きて、そこにあることを確かめる。

もっと近づいて感じたい。

直《じか》に触れることができたなら――。

そう考えた瞬間、はっとして突き放すように身体を離した。

唐突な動きに、雪媛が驚いたように目を瞠《みは》る。

「……申し訳、ありません」

　ぎこちなく言って、顔を背《そむ》けて立ち上がる。

「先に休んでください。私は少し――外を歩いてきます」

「え――」

　急いで扉を押し開ける。そのまま、青嘉は冷えた空気の中へと飛び出した。

　足早にユルタから遠ざかりながら、心の中で自分を叱咤《しった》した。足元の闇を見つめながら、凍えそうな風の中を無心になろうと進む。

（何をやってるんだ……）

　雪媛を抱いた腕が熱い気がした。

　一度だけ交わした唇の熱が思い出されて、消えろと念じて頭を振る。

「――おい！」

　背後から腕を掴まれ、青嘉はぎくりとして足を止めた。

　息を切らして追ってきたらしい雪媛が、怒ったようにこちらを見上げている。

「そんな恰好で、死ぬ気か！」

　言われて、青嘉は自身を見下ろす。それでようやく、上着も羽織らず着の身着のままで出てきてしまったことに気づいた。

「あ……」

「戻るぞ」

「いいえ、あの――」

「いいから、さっさと戻るぞ！」

ぐいぐいと引っ張られ、青嘉は気まずい思いのままついていく。

「人には死ぬなと言っておきながら、どういうつもりだ……」

前を行く雪媛が、ぶつぶつと呟《つぶや》いた。

「……すみません」

雪媛の後ろ姿が、月明かりの中に浮かんでいる。まるでそこだけが明るい光を浴びるように、暗がりの中でも揺れている長い黒髪が一本ずつ見分けられる気がした。

雪媛の姿は、どこにいても青嘉の目にはいつもそんなふうに映る。

ユルタに戻り扉を閉めると、暖かさが身に染《し》みた。

炎の明かりに、雪媛の横顔がくっきりと照らし出される。青嘉は雪媛から視線を引きはがすようにして、先ほど片付けた永祥の寝床《ねどこ》に向かった。

「……私は、もう寝ます。火が消える頃には起きますので、雪媛様もどうぞお休みになってください」

それだけ告げて布団に潜《もぐ》り込むと、雪媛に背を向けて息を殺すように身を横たえた。

眠ってしまえば何も考えなくて済む。

これ以上おかしな振る舞いをすれば、やはり国に戻れと突き放されてしまうかもしれない。それだけは避けたかった。いつの間にか、以前より欲が出ているのだ。後宮《こうきゅう》も碧成《へきせい》もここには存在せず、自分の中で引いた線が曖昧《あいまい》になってしまっている。

「…………おい」

雪媛の、困惑《こんわく》したような声が聞こえた。

「この状況で本当に別々に寝る気か、お前」

「……え」

振り返ると、雪媛が憮然《ぶぜん》とした表情を浮かべていた。

「…………もう、いい」

そう言って、反対側の寝台へと寝転がった。

「お前はそういうやつだよ」

むっとして、青嘉は身体を起こす。

「――私とは、寝ないと仰《おっしゃ》ったのはあなたではないですか」

「は？」

怪訝《けげん》そうに雪媛が顔をこちらに向けた。

「嫌だと——以前、はっきり断られましたので——」

ぽかんとしたように雪媛は目を丸くしている。

雪媛が碧成の後宮へ入る前、彼女が寝所に男を引き入れていると思っていた頃、青嘉は言ったのだ。どうしてもというなら自分が相手をするから、と。

そして、にべもなく拒《こば》まれた。

忘れようもない。

傍に置くといっても、そういう対象ではないのだとはっきり言われたも同然だ。

「ですから、私は——」

目の前に枕が飛んできて、青嘉は驚いて反射的にそれを片手で受け止める。

「……いつの話だ、馬鹿者！」

雪媛が憤懣《ふんまん》やるかたないという顔でこちらを睨《にら》みつける。

「い、いつであろうと、そう言われれば引き下がるしかないではないですか！」

「空気を読め！」

「これでもずっと気にしていたんですよ！」

「引きずるにもほどがある！」

「言ったほうは些細《ささい》なことだったかもしれませんが、言われたほうには大きな一言だったんです！」

「……私が、どんな思いで、今日ここへ来たと思ってるんだ！」

先ほどまで凍えて青白かった頰は、興奮で上気していた。

口を噤んだ雪媛は、再び背を向けてしまう。

「……雪媛様」

「…………」

返事はない。

青嘉は立ち上がり、ゆっくりと雪媛に近づいた。

「申し訳ありません」

「もういい。さっさと寝ろ」

こちらを見ようともせず、布団に包まって丸くなっている。

青嘉は覆《おお》いかぶさるように、雪媛の背けた顔の横に手を置いた。

訝《いぶか》しげに雪媛が顔を上げる。

「――空気を、読ませていただきます」

そのまま、口づけを落とした。

抵抗はなかった。

　ゆっくりと唇を離すと、雪媛がこちらをじっと見上げる視線とぶつかった。波打つ長い黒髪が雪媛を彩るように、褥《しとね》の上で広がっている。炎に照らされた雪媛の姿は陰影が際立《きわだ》ち、妙に浮かび上がって見えた。

　雪媛の手が伸びて、青嘉の頬に触れる。傷痕《きずあと》をゆっくりとなぞるその指の感触に、ざわりと身体の芯が震えた。

「……あなたが、陛下の寝所へ向かう時」

　雪媛の手が止まる。

「本当はいつも嫌で堪《たま》らなかったと言ったら——情けないと怒りますか？」

　雪媛は瞬きをした。

　そして両手を伸ばし、青嘉の頬を包み込む。

　そのまま引き寄せると、自《みずか》ら唇を寄せた。重なり合った身体が、布越しにも熱を帯びているのがわかる。互いの吐息《といき》が絡《から》まり合い、闇の中に溶けていく。

「……今までかなり我慢してきましたので」

　息を詰めながら、青嘉が言った。

「箍《たが》が外れたら……すみません」

　雪媛は少し目を瞠った。そして、「ふふっ」と肩を揺らす。

「そうなのか」

眉を下げて笑うと、挑発的な目で青嘉を見上げた。

「――好きにしろ」


空がうっすらと色を帯びていく。

早朝の草原を見渡しながら、純霞は伸びをした。

朝になっても雪媛は戻ってこなかったので、恐らく目論見《もくろみ》は成功したのだろう。

(でも一晩一緒にいながら、特に何もありませんでした……ということも……二人とも意地を張りそうだし……)

「おはよう、純霞！」

ナスリーンがぱたぱたと駆けてくる。

「おはよう」

「うふふ、言われた通り、春蘭《しゅんらん》は追い返しておいたからね！」

「ああ、やっぱりそっちへ行ったのね……」

「シディもなんだかんだ面白がってたわ！　――春蘭は、まだ戻ってないのね」

ユルタの中をそっと覗き込んで、嬉しそうにナスリーンが言った。

「そうねぇ。このまま、向こうで暮らしてもらおうかしら」

「あら、あんな物置みたいなところに？　だったら私のユルタが余ってるから、それを使えばいいわよ。二人の新居にちょうどいいわ。そうしたら婚礼も挙げましょうよ！　私、ここへ来てから一度だけクルムの婚礼を見たことがあるんだけどね、盛大なのよ！　いつもは食べられないお料理も出るし！」

「……そうねぇ」

純霞は僅かに昇り始めた朝日を見つめ、眩《まぶ》しそうに目を細めた。

「そうなったら、いいわね」


目が覚めると、腕の中に雪媛の姿がなかったので青嘉はひやりとした。跳ねるように身体を起こす。まだ、隣に温《ぬく》もりが残っていた。しかし薄暗いユルタの中を見回しても、気配はない。

急いで衣を身に着ける。不安が胸に去来した。

扉を開けると藍《あい》色の空が広がっていて、冴《さ》え冴《ざ》えとした外気に包まれる。

まだ薄暗い草原の向こうに、雪媛の背中が見えた。

仄《ほの》かに明るみ始めた東の空を見つめていた雪媛が、気づいたように顔をこちらに向ける。

青嘉はほっとして、小さく息をついた。

「……どう、したんですか」

「ここの朝は気持ちがいいんだ」

まだ冷たい夜明けの空気を吸い込みながら、雪媛が言った。

いなくなってしまったのではないか、と思った。

青嘉を置いて、一人でどこかへ行ってしまうのではないかと。昨夜のことはすべて、こちらを油断させるための策略だったのかもしれない、と。

外套を取りに戻り、それを雪媛の肩からかけてやる。

「朝もまだ冷えますので、そんな薄着で出歩かないでください」

すると雪媛は、背後の青嘉にもたれかかって身を預けた。

「なぁ、青嘉」

「はい」

「そう不安そうな顔をするな」

ぎくりとした。

雪媛は空を仰ぐように顔を上げ、こちらに目を向ける。

「どこへも行かないから」

「……はい」

「はぁ、だるい。お前のせいで身体が重い」

「…………………申し訳ありません」

青嘉はぎこちなく視線を逸らす。

雪媛が軽やかな笑い声を上げた。

「冷えてきた。中まで運んでくれるか」

ほら、と言わんばかりに両手を広げてこちらを見上げる。青嘉は胸の奥が捩《ね》じ上げられるような気分を覚えながらも出来得《う》る限り平静を装って、腕を伸ばし彼女を抱《かか》え上げた。

「戻ったら純霞やナスリーンがどんな顔をするか、目に浮かぶな。ちょっと癪《しゃく》だが」

「すっかりあの方たちと仲良くなられたのですね」

かつて後宮にいた頃の純霞を思うと、今こんなふうに関わり合っていることが不思議なくらいだ。

「……そうだな。こんな私に、なんのてらいもなく接してくれる」

彼女たちは雪媛にとって、主従でもなく、敵対するわけでもなく、その関わりに損得があるわけでもない。考えてみれば、雪媛には純粋に友人と呼べる者はいままでいなかったのかもしれない。

ふとシディヴァの顔が浮かんだ。

友人、の枠には入らないにしても、ある意味で彼女は雪媛と対等になり得る稀有《けう》な人物であると思う。二人が目指すものは、恐らく同じ方向に向いているからだ。

軽い朝食を摂《と》って、雪媛は純霞のいるユルタへ戻っていった。一緒に行く、と申し出ると「来なくていい」とそっけなく断られた。

「……余計にからかわれるだろうが」

「純霞様なら、そんなことはしないのでは」

「うるさい。いいから来るな！」

背を向けたままそう言い捨て、足早に去っていく。

その姿を見送りながら、あれは恥ずかしがっているということでいいのだろうか、と青嘉はしばし考え込んだ。

「お前にひとつ、ユルタをやる」

馬の準備をしていると、突然シディヴァがそう言った。唐突な申し出に、青嘉は首を傾《かし》げた。

「いえ、私は今のままで……」

「もらっておけばいい。シディヴァがそれだけ認めてるってことなんだから」

横でこそっとユスフが耳打ちした。

「それに彼女と一緒に暮らすなら、必要だろう」

にこにこと肩を叩かれて、青嘉は困惑した。何があったかは筒抜けらしい。

「いえ、あの……」

「必要なら婚礼の準備もしてやるぞ」

シディヴァがなんでもないことのように言う。

「……いえ、お気遣《きづか》いは、ありがたいのですが」

「シディ、ついでに俺たちも婚礼を挙げようか」

「はあ？　なんで今更」

「結婚した時はばたばたしててそんな余裕もなかったけど、せっかくなんだし」

その会話に、青嘉は首を傾げた。

「……？　結婚？」

シディヴァとユスフの顔を交互に見返す。

「え？　結婚、されていたんですかお二人は⁉」

「そうだよ、言ってなかった？　もう何年だっけ、十年は経《た》ったよね？」

「確か、シディヴァ様はユスフ殿の兄に嫁《とつ》がれたと聞きましたが……」

「そう。シディが俺の兄に嫁いできたのが十二の時で、半年後には兄が死んだからね。まぁシディが殺したんだけどー、あっはっは！」

しれっと凄惨《せいさん》なことを口にしながら肩を揺らす。

「父や兄が死ねば、その妻は息子や弟のものになるのが草原の掟《おきて》だ。だからシディは今、俺の妻」

意外さに驚く。二人の素振りに、そんな雰囲気は微塵《みじん》も感じなかった。

「といってもね、あの時はむしろ、シディが父親のところに戻ったら、またあの性悪《しょうわる》の継母《まま》《はは》の陰謀で別の誰かに嫁がされるかもしれなかったからね。シディが動きやすいように、先手を打ったんだよ。夫がすでにいるとなれば手出しできないでしょ。だからいろいろ忙《せわ》しなくて、婚礼も何もなし」

以前、雪媛が碧成《へきせい》に語っていたことを思い出す。尹《いん》族もかつては、前族長の妻たちを次の族長も妻として迎え入れたのだと。それをもって、二代にわたる皇帝の妻の座を正当化していたのだ。

「だったら私との婚礼が先よ、シディ！」

突然割って入ってきたナスリーンが、シディヴァとユスフの間に身を滑り込ませた。

「ね、私が嫁いできてから、そういうの何も催してないもの！　やるなら私たちが先！」

「おかしなこと言うね、ナスリーン。俺は君と出会う前からシディとずっと夫婦なんだけど」

「そんなの形式上のでしょ！　シディの妻は私よ！」

「君が妻でもいいけど、俺は夫の座は譲らないよ」

第一夫人と第二夫人が争うとか皇后と側室が対立するとか、そういった話はよくあるが、ひとりの人物を夫と妻として男女が取り合うことはあるのだろうか、と青嘉は二人の奇妙な争いを興味深く眺めた。

「おい、行くぞ青嘉。そいつらは放っておけ」

「はぁ」

まだ何か言い争っているユスフたちを置いて、馬を引きシディヴァの後に続く。

「南人《なんじん》風の婚礼がよければ、都へ行けば何かと物は揃《そろ》うだろう。必要なら手配させる」

「いえ、あの……お気遣いなく」

「まぁ任せるが、ここでは特に、対外的に自分の女だと示すことは重要だ。ほかの男への牽制《けんせい》になる。人の妻だろうが連れ去って略奪することすら、よくあるからな。ユスフの母親もその口だ」

「なんというか……ここは、いろいろと自由ですね。妻と夫を両方持つというのも、聞いたことがありませんし」

「それは、俺も聞いたことがない」

「ナスリーンはどこまで本気なんでしょうか」

「お前に相手がいなければ、ナスリーンの婿《むこ》にしたかったんだがな」

「は？」

「俺が認める男はそう多くない。その中でナスリーンを任せられる器量となれば、一握りだ。ユスフをくれてやるわけにはいかんしな」

「……ユスフ殿のこと、大切に思われているのですね」

「俺が子どもを産むなら父親はユスフだ。それだけは変わらない」

青嘉は少し意外に思った。子どもを産むつもりがこの人にあったのか、と。

「なんだ」

顔に出ていたらしい。

「いえ、身籠《みご》もれば戦場へ出るのも難しくなるでしょうし、シディヴァ様はそういったことを望んでいないのかと勝手に思っていました」

「だからだろうが」

「え？」

「俺が動けなくても、ユスフが動ければいい。他の男ではだめだ」

「……なるほど」

「それに、俺が産まずに誰が俺の後継者を作るんだ」

「ごもっともです」

「まぁ、誰かお前に匹敵するようないい男がいたら教えてくれ」

青嘉はふと、潼雲《どううん》の顔を思い浮かべた。ナスリーンとの相性がどうかはともかく、シディヴァの基準に適《かな》いそうだという条件で思い当たるのは彼くらいである。

（今頃、どうしているか……もう国には戻ったはず……）

「ああ、早速だな」

シディヴァが足を止めた。

「え？」

その視線を先を辿《たど》る。

桶を手にしている雪媛の姿があった。

そしてその横で若い男が二人、彼女に話しかけている。

「――春蘭《しゅんらん》」

雪媛が水を汲《く》んだ桶を手に歩いていると、クルムの青年が二人近づいてきた。ここのところ、よく見る顔だ。

「水汲み？　持つよ」

「大丈夫」

「いいからいいから」

奪うようにして桶を取り上げられる。まぁいいか、と雪媛は愛想よく余所《よそ》行きの笑顔で礼を言った。

「ありがとう。助かる」

「この後、一緒に馬に乗りに行かないか？」

「いい場所があるんだ、案内するよ」

「いい場所？」

「昨日から白い花がたくさん咲いてるんだ。すごく綺麗だよ」

(ふうん……)

最近、何かと話しかけてまとわりついてくる男たちが多い。シディヴァに勝ったからだと思っていたが、単純に雪媛に興味がある者も中にはいるのだろう。

(土地が変われば女の魅力の感じ方も違うかと思ったが、それなりに通用するものだな)

だが、瑞燕国の皇帝を二代にわたって籠絡《ろうらく》し、後宮で覇を唱えた自分を簡単に落とせると思わないでほしい。

「――私についてこられるならいいけど」

誘惑するように、嫣然《えんぜん》と微笑んでみせる。

青年たちは魅入られたように息を呑み、僅かに頬を赤らめると動揺を隠すように笑った。

「はは、確かに春蘭は誰より速いからな」

「じゃあ、そこまで競走しよう。俺たちが勝ったら、一日付き合ってよ」

「さぁ、どうしようか……」

な、と言おうとした瞬間、身体が宙に浮いた。

気がつくと青嘉の肩に抱え上げられていて、雪媛は瞠目《どうもく》する。

「――!?」

身体を折った状態で天地が逆さになる。

「春蘭！」

「おい、お前――」

青嘉が恐ろしい剣幕でじろりと青年たちを一瞥《いちべつ》すると、彼らは青い顔で静かになった。

無言のまま、青嘉が歩き出す。

「青嘉、おい！」

雪媛はじたばたと手足を動かした。

「何をする！　降ろせ！」

「…………」

背中を思い切り叩いたが返事もせず、青嘉は自分の馬に雪媛をひょいと腹ばいに乗せると、その後ろに跨《またが》った。

そのまま一気に駆け出す。

「お前な……」

睨みつけると、青嘉はひどく機嫌が悪そうな顔をしていた。

「……何をしてるんですか」

「話をしていただけだろう」

「相手がどういうつもりで近づいてきているか、わかっていたでしょう。不用意に誘いに乗らないでください」

「お前も同じことをしたじゃないか」

「はい？」

「琴洛殿《きんらくでん》に初めて来た頃、宮女に変装した私が水汲みをしていたら、代わりに持つと言って近づいてきた」

「……それとさっきのは、違うでしょう」

「ふうん、下心はなかったと？」

「ありません！　重そうだったので純粋に手伝おうと――」

「なら、彼らを疑うのも失礼じゃないか」

「……ああいう顔で男を誑《たぶら》かすのは、もう金輪際《こんりんざい》やめてくださいと言っているんです」

その不機嫌そうな低い声に、雪媛は口を噤んだ。

青嘉は本当に怒っているようだった。

（こういう顔は、初めて見るな……）

誰もいない草原の真ん中で、青嘉は馬を止めた。東側に広がる山の上に、雲が帽子のように乗っかっている。

青嘉が先に降り、雪媛に向かって両手を差し出す。

抱きつくように、雪媛は身を預けて馬を降りた。

「お前は、そういうのは気にしないのかと思っていた」

「……今までだって、別に平気だったわけでは」

少し拗《す》ねたような口ぶりだった。

「私が口を出すことではないと、思っていましたので……」

「私は今まで必要であればどんな男とでも寝た。この身を道具にして叶《かな》うことがあるのなら躊躇《ためら》わなかった。――皇帝だけじゃない。先帝の後宮で地盤を固めようとしていた頃は、力を得るために、協力者を得るために、相手にとって最も有効な手段だと思えばそうした。いくら託宣や予知ができても、何も持たない女には差し出せるものは他になかったからな。……軽蔑するか？」

「………」

「あと、それとは別に、本気で心を寄せた男もいた」

「……あの、なんですかそれは。私への嫌がらせですか」

青嘉が憮然とした表情になる。

「でも、自ら望んで身を任せたのはお前が初めてだ」

本当に、初めてだ。

言いながら雪媛は、改めてその事実に自分でも気がついた。そして、その意味を考える。

青嘉の胸に寄りかかりながら、雪媛は瞼《まぶた》を伏せた。

「だから……そう心配するな」

自分を抱く腕に、僅かに力が籠もったのを感じた。

「……私のことは、いくらでも誑かしていただいて結構ですので」

真顔で青嘉が言った。

雪媛は思わず、軽く噴き出す。

「お前は難しい。今までも散々籠絡してやろうと思ったのに、さっぱりなびかないし」

「いえ、十分な打撃になっていました」

「そうは見えなかったな」

けらけらと雪媛が笑う。

「先ほど、シディヴァ様から、ユルタをひとつ与えると言われました」

「気に入られてるなぁ、お前」

「雪媛様」

「うん？」

「あなたが国へ帰りたいと望むのなら、ここを離れて、ともに戻ります」

腕の中で、雪媛は何も言わない。

「本当は気になっているのでしょう。秋海《しゅうかい》様や、芳明《ほうめい》や――皆がどうなったか。そして陛下が……瑞燕国がどうなるのか」

「……もうすべて、私の手を離れてる」

小さく、雪媛が呟いた。

「私が戻ったところで、どうすることもできない」

「ですが、心残りがおありなのであれば……」

「もう決めたんだ」

そう言って、雪媛は顔を上げた。

「だから、それ以上言うな」

青嘉から離れ、雪媛は風を受けながら草原をゆっくりと歩き出す。

黒髪が揺れて、流れた。

そして遠く、南を眺めやる。

目に映るはずもない、かの国を見つめるように。

八章

新たな主《あるじ》を迎えた皇宮《こうぐう》は、いまだ浮き足立っている印象が拭《ぬぐ》えない。江良《こうりよう》は見慣れない顔ぶれが大手を振って通り過ぎていくのを眺めながら、石畳の上を進んでいった。

その横では尚宇《しょうう》が、暗い表情を浮かべている。雪媛《せつえん》が都から消えて以来、ずっとそんな調子だ。

「——来てくれたか」

皇帝の執務室で二人を迎えたのは、環王《かんおう》その人だった。まだ十七歳の少年は、兄である碧成《へきせい》が都から脱出すると、新たな皇帝を名乗り瑞燕国《ずいえんこく》の玉座《ぎょくざ》を占めた。

「尚宇、久しぶりだな。会えて嬉しい。無事で何よりだ」

「……陛下も、ご無事で安堵《あんど》いたしました」

雪媛の指示で環王に蘇高易《そこうえき》の娘である雨菲《うひ》を紹介し、二人の仲を取り持ったのは尚宇だった。二人が密会できるようにいつも取り計らってくれたこの男に、環王は素直に感謝の念を抱いているらしい。

「それに、朱《しゅ》江良。雪媛様からの信頼が厚いと聞いている。そなたがいてくれれば心強い」

「ありがたきお言葉でございます、陛下」

環王が攻め込んできた後、官吏《かんり》の中には都に残った者もいれば、碧成とともに都を去った者もいる。消極的な理由で都に残った者も多かったが、江良と尚宇は、あえて残ることを決めた。

雪媛がいない以上、碧成の陣営には歓迎されないであろうし、環王との関係性はもともと悪くない。そして何より、二つの朝廷が並立する状態となったこの国において、それぞれの内情を探っておく必要がある。

(飛蓮《ひれん》殿は上手《うま》くやっているかな……)

飛蓮は、碧成に従って都を出ていった。今までの彼の立場からすれば当然であり、江良としてもそうしてくれたほうがよいと思った。

今後、情勢がどちらに転んでもよいように。

雪媛が戻ってきた時のために。

「陛下、お顔の色が優れないご様子。お疲れなのでは」

尚宇が気遣《きづか》うように言った。

「……雨菲のことが、心配なのだ」

そもそも、環王が反乱を企《くわだ》てるに至った最大のきっかけはその雨菲の存在であった。

碧成が弟への牽制《けんせい》のために雨菲を後宮《こうきゅう》に入れてしまったので、恋仲であり結婚の約束を交わしていた環王がその奪還を目論《もくろ》んだのだ。都を攻め、皇宮《こうぐう》に乗り込んだ環王は真っ先に後宮へ赴《おもむ》き、雨菲の姿を探し回った。

しかし、彼女は見つからなかった。

やがて碧成は、引き連れた重臣や近侍《きんじ》たちとともに浙鎮《せっちん》に腰を落ち着け、自《みずか》らのいる場所こそが都であるとして朝廷を開くと宣言した。彼の傍《そば》には後宮から逃げ出した女たちもおり、そしてその中に雨菲がいることが伝わってきた。

雨菲が助けを求めながら後宮で待ちわびているはずだ、と勇んでやってきた環王からすれば、画龍点睛《がりょうてんせい》を欠く結果だっただろう。

「兄上が無理やりに連れていったに違いないのだ！　彼女の父である蘇高易を取り込み、そして私を苦しめるために！　雨菲がひどい扱いを受けていないかと、そればかりが気になって……」

江良は環王を観察しながら、心の中で暗いため息をついた。

彼は謀反《むほん》を起こしたのだ。しかしその動機が、幼稚で浅い。彼にはこの国を背負っていくのだという気構えも、志《こころざし》もない。積もった恨みと、一時の感情と、そして周囲の声に押されただけだ。

碧成の横暴や残虐性に危機感を持った者たち、碧成の下では閑職《かんしょく》に追いやられていた者たちが環王側についたために、結果的に上手《うま》く事が運んだ。しかしこれから、この少年はただの傀儡《かいらい》になり下がるだろう。今回の反乱で功を立てた将軍や重臣が力を持ち、彼はお飾りに過ぎなくなる。

「陛下、雨菲様のことが心配でございましょう。心中お察しいたします。浙鎮へはこちらの手の者を送り込んでありますので、何かわかればすぐにお知らせいたします」

「なんとか、雨菲だけでも救い出せないだろうか」

「……手段を講じてみます、陛下」

「頼む。それから、雪媛様の行方《ゆくえ》は本当にそなたたちもわからぬのか」

「はい。申し訳ございません……」

「雪媛様の託宣《たくせん》。これが欲しいのだ。私こそが真の皇帝であり、兄上は――先帝の子ではない、という」

江良は僅《わず》かに眉を寄せた。

最近、都にはこんな噂《うわさ》が流れている。碧成は実は先帝の実子ではなく、皇后《こうごう》が不義を働き出来た子である、と。

噂の出どころは環王の腹心たちだ。環王の正統性を確立するために、兄である碧成が偽《にせ》皇帝であると触れ回っている。

事実などどうでもよいのだ。民《たみ》がそうだと信じれば。

そのために、神女として名の通った雪媛の言葉を欲しがっていた。一時は皇后にまでなった彼女が、夫であった碧成を偽皇帝と断じ、環王側につけば真実味が増す。

「何か便りがあればすぐに知らせてほしい」

「もちろんでございます」

「それから、江良よ。薛雀熙《せつじやくき》に都へ戻るようにと使いを送っているのだが、梨《なし》の礫《つぶて》なのだ。そなたは懇意《こんい》であったと聞く。説得に行ってはくれまいか」

碧成によって地方の閑職に飛ばされた雀熙だったが、環王からの誘いには首を縦《たて》に振らないらしい。

(そうだろうな、あの方は)

これは簒奪《さんだつ》だ。碧成が先帝の子ではないなどと、そんな証拠はなく完全に言いがかりである。規範に則《のっと》り正道を重視する雀熙からすれば、彼こそ偽皇帝であり、仕《つか》えるなどもってのほかだろう。

「……承知いたしました。ですが、なかなか難しいかと。頑固なお方ですので」

「ああ。しかし、だからこそ信頼できる人物であると思う。そういう者に私を支えてほしいのだ」

「微力を尽くします」

執務室を退出すると、江良は息をついた。

「雨菲様が無理やりに連れていかれたなどと、あの方以外には誰も思っていないだろうな」

尚宇が頷《うなず》く。

「陛下は雪媛様のことしか気にかけていませんでしたからね。独芙蓉《どくふよう》を含む、ほとんどの女たちは自らの意志で浙鎮へついていったのです。ここにいては命が危ういと思ったのでしょう」

「だが雨菲様は、都に残っていれば環王と再会でき、彼が勝利した暁《あかつき》にはこの国の皇后となれたはず。その道を捨てて浙鎮へついていった……。環王とは相思相愛と聞いていたから、私も少し意外だったが」

「後宮に暮らすうち、陛下に情が湧いたのかもしれませんね」

「……雪媛様は、今頃どこにおられるのか」

「田州《でんしゅう》を出たところまではわかっているのですが。それきり……」

今はまだ、身を隠しているほうがよいだろう。だが、無事でいるのか、それだけでも知りたかった。

「青嘉《せいか》がともにいるはずです。あいつは、雪媛様を守るでしょう……」

不愉快そうに尚宇が呟《つぶや》く。

詳しい事情は聞いていない。だが、あの反乱のあった日、尚宇は顔を殴られたようにひどく頬を腫《は》らし、泣き濡れて虚《うつ》ろな目をしていた。江良から話を聞く前から、青嘉が雪媛とともに去ったことを知っている様子で、雪媛を挟んで青嘉との間に何かあったのだろうということは察せられた。

秋海《しゅうかい》たちは、例の別宅から更に別の場所へと移した。雪媛を探す環王、そして碧成が、秋海が生きていると知ればその身柄を狙うことは明白だ。秋海を盾《たて》にされれば、雪媛は出てこざるを得なくなるかもしれない。

そんな事態だけは、絶対に避けなければならなかった。

いつか再び彼女がこの都の土を踏む時まで、自分なりのやり方で雪媛を守るしかない。

（どうか、ご無事で……）

都が環王に制圧された、と潼雲《どううん》が知ったのは、都への帰路に就《つ》いて数日が経《た》ってからだった。戦《いくさ》の後始末を終え、ようやく戻れると思った矢先、彼らを送り出したはずの皇帝は都を追われたのだ。

環王からの使いがやってきて、全軍は速《すみ》やかに新皇帝の治める都へ戻り待機せよと命じた。しかしそれを聞いた洪《こう》将軍は、首を縦には振らなかった。

「我らが戴《いただ》く皇帝はただ一人である。今、都にいるのは簒奪者。これに仕えることは我が忠節に背《そむ》くことである！」

そう言い放ち、使者を斬り捨てた。

「父上、このまま攻め入り、我らの手で都を奪還しましょう！」

息子である光庭《こうてい》が猛《たけ》り立って声を上げる。

「我らは、浙鎮へ向かう」

「父上！　ですが……」

「我らは陛下の軍だ。その命《めい》に従って動いている。私の独断で勝手な真似をすることは、軍を私的に動かすことにほかならぬ」

「賊軍を討つことを、陛下が咎《とが》めるはずがありません！」

ここで都を奪還できれば大手柄である。

光庭は功名を立てたいのだろう。高葉《こうよう》戦では、すっかり青嘉に水をあけられてしまったのだ。挽回の機会に躍起《やっき》になっている。

「無理にとは言わぬ。環王に従いたい者がいれば、ここで離脱せよ。食糧は渡してやる」

ほとんどの者は洪将軍に従ったが、離反者も少なからずいた。

潼雲と瑯《ろう》は洪将軍に従って浙鎮へと向かった。雪媛が流刑《るけい》を解かれたという話だけは伝わってきていたが、その後の消息はわからない。だが碧成が生きているというのなら、恐らくその傍《そば》にいるはずだ。先に戻った青嘉も一緒だろう。

浙鎮は瑞燕国第二の都市であり、堅牢な城壁に囲まれている。一行が入城すると、歓喜の声で出迎えられた。後になって知ったが、都から追われるようにここへやってきた碧成の手勢は乏《とぼ》しく、主力となり得る洪将軍とその軍勢が加わったことでひどく安堵したらしかった。

洪将軍に連れられ、潼雲は光庭や他の諸将とともに碧成に拝謁《はいえつ》した。身分の低い潼雲が同席できたのは、青嘉の代理だからである。

皇宮に比べればいくらか簡素だが、しかし十分に豪奢《ごうしゃ》な謁見《えっけん》の間《ま》の、ほぼ末席にあたる場所に膝《ひざ》をつき皇帝の登場を待つ。光庭が気に食わなそうにこちらを睨《にら》みつけてくるが、徹頭徹尾《てっとうてつび》無視した。

先触れの声が響き渡ると、一同は一斉に頭《こうべ》を垂れた。

「――此度《こたび》の凱旋《がいせん》、まことに大儀であった」

その声に、潼雲は首を傾《かし》げた。

碧成ではない。

女の声。

そっと顔を上げて様子を窺《うかが》うと、階《きざはし》の上に据えられた中央の椅子に座る碧成と、その横に腰かけた若い娘の姿があった。

（あれは……）

娘は洪将軍を含む諸将を睥睨《へいげい》し、さらに口を開く。

「陛下は大変お喜びです。今宵《こよい》は皆のために宴《うたげ》の席を用意しました」

蘇高易の娘、雨菲だ。

陰鬱《いんうつ》な表情で深く椅子に沈み込んでいる碧成に代わって声をかけるこの娘に、誰もが困《こん》惑《わく》したような表情を浮かべている。

「そなたたちも聞き及んでいると思うが、謀反により都は賊徒たちに蹂躙《じゅうりん》されております。

必ずや逆賊を討ち滅ぼし、再びこの国に真の皇帝を戴くのです。そなたたちの働きを、陛下は大いに期待されています」

洪将軍は何も言わない碧成に視線を向けながら、戸惑《とまど》いを隠しつつ「――はは」と拱手《きようしゆ》した。

（なんだ、どうなっている？）

結局、謁見の最中に碧成が言葉を発することは、一度もなかった。

釈然としない思いで外へ出ると、周囲でも戸惑いの声が上がっていた。

「あの女子《おなご》はなんだ？　何故《なにゆえ》陛下の御言葉を代弁するようなことを――」

「陛下はどうされたのだ」

「またお加減が悪いのか……」

「我らは命懸《いのちが》けで戦ってきたのだぞ！　何故あのような小娘に労《ねぎら》われなければならぬのだ！」

そして気がかりだったのは、雪媛の姿がどこにもないことだ。

「――潼雲殿」

そっと袖《そで》を引かれ、驚いて振り返る。美しい宮女が立っていて、一瞬どきりとした。

しかしすぐに、それがただの女ではないことに気がついた。

「ひ、飛蓮殿？」

「しっ。こちらへ――」

密やかにそう言って口許《くちもと》に指を当てると、建物の陰へと誘《いざな》われる。

「すみません、いつもの恰好であなたと話すのを見られると、いろいろと厄介なもので」

「飛蓮殿、ご無事でしたか！　よかった……」

「先ほど、瑯殿にもお会いしました。……すみません、それで、瑯殿はすぐにここを飛び出していかれて……恐らく、都へ向かわれました」

飛蓮は申し訳なさそうに眉を下げる。

「都へ？　あいつ、なんでそんな……」

「芳明が行方知れずだということを話したら、飛び出していってしまって」

「芳明が？　――あの、飛蓮殿。雪媛様はどうされたのですか。ここにいるのですか？」

「……いいえ」

険しい表情で飛蓮は首を横に振った。

「雪媛様も、行方がわかりません。青嘉殿とともに都を出て、しばらくは田州に身を寄せていたようですが、それきり……」

「一体、何があったのです」

飛蓮は、潼雲たちが都を出て以降の顚末《てんまつ》を手短に説明した。

「……まさか。陛下が、雪媛様に対してそのような……？」

「陛下は、以前の陛下とは変わってしまわれました。そして此度の謀反によって、更に……」

「先ほど陛下に拝謁いたしました。まるで、抜け殻《がら》のようだ」

「ええ、最近ではひどく何かに怯《おび》えたり、突然癇癪《かんしゃく》を起こしたり、かなり不安定な状態で……それで、雨菲様が……」

「そう、それです！　一体なんなのです、あれは！　まるで雨菲様は、皇后《こうごう》であるかのような振る舞いでした！」

飛蓮が暗い表情を浮かべる。

「いまや、実質的な皇后といっても過言ではないのですよ」

「何ですって？」

「都を追われ身も心も消耗した陛下は、拠《よ》り所を求めておいでだったのです。そしてそんな陛下を受け止めたのが……雨菲様です。今では、陛下は雨菲様なしには何事も判断できません。まるで……まるで以前の雪媛様にそうであったように、彼女に頼り切りなのです」

「ですが確か雨菲様は、環王と……」

「私もそう聞いていました。しかし、雨菲様は環王の迎えを待つどころか、自ら進んで陛下の後を追っていらっしゃいました。そして、陛下に父親の謹慎を解かせたのです」

「……もしや、それが目的で？」

「最初からそのつもりだったのかはわかりませんが……今、この臨時朝廷の頂点には、雨菲様の父親である蘇高易殿がいます」

　潼雲は息を呑んだ。

　雪媛の策略によって碧成から排除されていた、先帝時代からの重臣。その影響力は強く、彼が表舞台に戻れば朝廷の勢力図は書き替えられるだろう。

「……それで、瑯が芳明を探しに行ったと？」

「ええ。芳明は雪媛様が流刑となった時から、ずっと行方がわかりませんでした。私も江良殿も、できる限りの手は尽くしたのですが」

「江良殿や尚宇殿は？」

「都に残っています。私は陛下の、彼らは環王の懐《ふところ》で、互いに情報を集めながら身を潜《ひそ》めている状況です。金孟《きんもう》殿が密かに動いてくださって、文《ふみ》のやりとりをできるようにしています」

「……あの、独芙蓉も、ここに？」

「ええ、公主《こうしゅ》と一緒に」

「……そうですか」

かつての主。憎い思いはもちろんあるが、それでも長年仕えた情は簡単には消えない。生きているのだと聞き、僅かに安堵した自分がいる。

「すみません、あまり時間がないので、今はここまでしかお話しできません。そろそろ行かなければ」

「ありがとうございます、飛蓮殿。どうぞお気をつけて」

「それからひとつ、あなたにお願いがあるのです、潼雲殿」

「なんでしょう」

「一緒に――燦国《さんこく》へ行ってもらえないでしょうか？」


初めてその話を聞かされた時、飛蓮は耳を疑った。

「燦国の公主を、陛下の皇后にお迎えする」

謹慎を解かれ碧成のもとへ馳《は》せ参じた蘇高易は、重臣たちの前でそう言い放った。

「安《あん》皇后が亡くなられてからというもの、陛下は皇后を持たれていない。国を盤石《ばんじゃく》とするためにも、その柱である陛下にはよき伴侶《はんりょ》が必要です」

「高易殿、今がどんな時かわかっているのですか。そういったことは情勢が落ち着いてからおいおい……」

独護堅《ごけん》が言った。娘の芙蓉を差し置いて皇后が立つことなど、容認できないのだろう。

「陛下にはお世継ぎがおられない。これは重大な問題です」

「ですが、それどころでは……」

「もちろん、最大の目的は他にあります」

「燦国と同盟を結び、援軍を要請するのです」

高易の傍に控えていた唐智鴻《とうちこう》が前に出て、得意満面といった風情《ふぜい》で説明し始めた。事前に高易から話を聞いていたのだろう。

「援軍の見返りは、わが国の皇后の座。高葉国を制した我が国は、燦国と国境が隣り合うことになります。この状況で、燦国も断りはしないはずです」

「陛下はなんと仰《おお》せなのだ？」

「陛下は蘇大人《たいじん》にすべてを一任されています」

蘇高易派と独護堅派が、それぞれ互いに睨《にら》み合った。

その様子を一歩引いて眺めながら、飛蓮はうんざりする。

最近、こんな不毛な内輪揉《うちわも》めばかりだ。彼らが為《な》すべきは環王に対して一丸となることのはずなのに、やっていることは今までと変わらない。

「飛蓮殿」

智鴻に名を呼ばれ、飛蓮は訝《いぶか》しく思いながら「はい」と進み出る。

「此度の重大な任務を貴殿に任せる」

「——は?」

「燦国への大使に任ずる。必ずこの婚姻を成立させ、公主をお迎えせよ」

皆の視線が一気に自分に集まるのを感じた。

「陛下の信任厚い貴殿であれば、この難しい務めを必ずや果たしてくれるだろう」

「そなたの父司胤闕《しいんけつ》も、かつて燦国へ大使として訪れたことがある。燦国の皇帝に大層気に入られたと聞いた。その息子であるそなたが行けば、話もまとまりやすいだろう」

高易はそう言ったが、飛蓮は内心、これは智鴻の策略だろうと思った。

(俺を陛下から遠ざけるつもりだな。なんなら道中で事故死に見せかけて殺すつもりか……)

もともとの後ろ盾であった蘇高易が復帰してから、智鴻の増長はさらにはなはだしい。独護堅派と渡り合うために、高易も智鴻という手駒をなくしては困るのだろう。彼がやることについて、大抵のことは容認していた。

「……………謹《つつし》んで承《うけたまわ》ります」

今の立場では、そう言うしかない。

(ああ、くそっ！　こんな時に国を離れるなんて……)

朝堂《ちょうどう》を後にしながら、飛蓮は歯噛みした。

「司飛蓮殿でいらっしゃいますね」

門を潜《くぐ》ったところで一人の宮女に声をかけられて、飛蓮はぱっと表情を変えた。誰もがうっとりする爽《さわ》やかな笑みを浮かべる。

「そうですが？」

「雨菲様がお呼びでございます。どうぞこちらへ」

(雨菲様……？)

何故《なぜ》自分が呼び出されるのだろう。怪訝《けげん》に思いつつも、今や皇帝に最も影響力を持つ女である。無視するわけにはいかない。

ここには後宮は存在しないが、女たちはおおよそ北側に配された宮殿の一角を占めて暮らしている。

通された部屋で、雨菲は宮女たちに囲まれながら、優雅に寛《くつろ》いでいた。

「お呼び立てして申し訳ございません。あまり陛下のお傍を離れられないものですから」

これほど近くで彼女を見るのは初めてだった。

まだ僅かに幼さを残す顔。確か十六歳だったか。

その割には、随分《ずいぶん》と自信に満ちた表情を浮かべている。碧成の寵愛《ちょうあい》を受け、さらには重臣たちからも一目置《いちもくお》かれ、父の復権にも力を振るった。怖いものなどない、とでもいうような風情だ。

「いいえ。光栄でございます」

「本当に、近くで拝見いたしますと皆が噂するだけありますわね。飛蓮殿のように麗《うるわ》しい殿方は、そういらっしゃいませんわ」

「ええ、残念ながら」

にっこりと微笑み返す。可笑《おか》しそうに雨菲が笑った。

「謙遜《けんそん》されませんのね」

「事実でございますので」

居並ぶ宮女たちに視線を送る。

皆、そわそわと落ち着かない様子で頬を染めた。

「それで一体、どのようなご用でしょうか」

「そなたにお願いがあるのです」

「何でございましょう」

「父から、燦国へ行くように命《めい》が下ったでしょう」

「ええ、つい先ほど」

「援軍を要請する代わりに、燦国の公主を陛下の皇后として迎える——そう聞いています」

「左様《さよう》でございます」

「それを、阻《はば》んでいただきたいの」

「……雨菲様のお父上のご意向です。それを阻むとは、どういうことでしょうか」

「おわかりになりますでしょう？　他国の公主などが陛下のお傍に侍《はべ》ることを、私が望むとお思いですか？」

悪びれることもなく、雨菲は首を少し傾げて微笑んだ。

寵姫《ちょうき》となった彼女にとって、他所《よそ》の国から皇后を迎えるという話は確かに喜ばしいことではない。阻止しようとして当然だろう。

「ですが、これは我が国の行く末を左右するお役目でございます。援軍を得るには——」

「もちろん、援軍は欲しい。それはなんとしてでも連れてきてください。ですが、公主はだめです」

簡単に言ってくれる、と飛蓮は胸の内でため息をつく。

「援軍を要請するには、それなりの見合う対価がなければなりません」

「ええ。ですから、公主を皇后として迎えたいという話は持ちかけていただいて構いません。援軍が瑞燕国へ到着次第、公主を連れてくればいい。ただし……公主がその道中で帰らぬ人になったら、それは約束を反故《ほご》にしたことにはなりませんわよね」

「………それは」

「あら、いやだ。物騒なことはお考えにならないで。ともかく、公主が燦国を出立《しゅったつ》し、そして瑞燕国へ辿り着かなければいいのです。やり方はお任せしますわ」

扇《おうぎ》をはためかせ、雨菲はにっこりと笑う。

「飛蓮殿でしたら、その麗しさを武器に公主を骨抜きにすることもできるはず。公主ご自身の意志であなたと駆け落ちなさる、なんていう筋書きもよいでしょう。そうすれば、こちらに非はありませんもの」

あっさりと腹黒いことを口にする目の前の少女を、飛蓮は何とも言えない気分で見つめた。本気で言っているのだろうか。

それに万が一そんなことになれば、外交問題になるだけでなく、飛蓮の首が飛ぶ。

「しかし、それでは私が――」

「大丈夫。あなたのことは私がしっかりと陛下と父に取りなしましょう。他国の公主が勝手に、あなたに入れ上げただけだとね」

（この娘……）

環王との仲を引き裂かれた、哀《あわ》れな少女。

そう考えていたが、まったくの見当違いだったらしい。

「期待していますわ、飛蓮殿。お戻りになった暁には、高い位《くらい》をご用意できるでしょう。所詮《しょせん》養子である唐智鴻のような無粋《ぶすい》な者でなく、あなたのように生粋《きっすい》の名門出身のお方が出世するべきですもの」

「……このことを、お父上はご存じなのですか？」

「まさか。でも、父だってもう歳ですわ。まだ若く、賢い飛蓮殿ならおわかりですわね。これからの人生において、何を選択することが得策か」

雨菲は立ち上がった。

「そろそろ陛下のお傍へ行かなくては。私がいなくなると、ご不安なようですから。そこまで、ご一緒にいかが？」

「――は」

連れ立って回廊を歩きながら、飛蓮は先ほどの話を頭の中で反芻《はんすう》する。

（この娘のために働いてやるつもりなどない。しかし、確かに——燦国の公主が皇后になれば、雪媛様が復権される上でも障害だ。それに、そもそも陛下が援軍を得て環王を破ることが果たして望ましいか……。環王が勝利すれば、独護堅も唐智鴻も自《おの》ずと滅びる。そうであれば援軍を呼ぶというこの計画自体、潰《つぶ》してしまうという手もある。あるいは、環王側と話をつけ、俺が環王の使者として燦国へ行き、環王の皇后の座を燦国公主に約束すれば——）

「あら」

横にいた雨菲が声をあげる。

気がつくと、向かいから独芙蓉がやってくるのが見えた。幼い公主の手を引いている。

「芙蓉様。ごきげんよう」

芙蓉は雨菲をじろりと睨みつけた。流産して以来臥《ふ》せっていることの多かった芙蓉だが、顔色も随分とよくなっている。

「……公主が陛下に会いに行くのよ。そこをお退《ど》き」

「まぁ、私も陛下のところへ参るのです。ではご一緒いたしましょう」

すると芙蓉の侍女《じじょ》が険しい表情で声を上げた。

「新参者がなんて図々しい。さっさと道をあけなさい」

しかし雨菲は悠然《ゆうぜん》とした態度で微笑んでいる。雨菲を取り巻く宮女たちが、馬鹿にしたように笑いさざめく。

「誰に向かって言っているのかしら」

「陛下のご寵愛がとっくに失われているとわからないのね」

「──なんですって！」

芙蓉の侍女が柳眉《りゅうび》を跳ね上げる。

その後ろで、芙蓉はじっと雨菲に鋭い視線を向け、暗く笑った。

「随分と余裕ね、雨菲。いまだに才人《さいじん》のままだというのに」

その言葉に僅かに反応し、雨菲は笑みを浮かべた唇を震わせる。

位《くらい》でいえば、芙蓉は賢妃《けんひ》であり、現在残っている後宮の女の中では最も高位である。才人の雨菲とは比べものにならないほどに格が違う。

「……後宮はもうありません。ここでの秩序は、陛下がまた改めてお決めになられますわ」

「子を生《な》してこそ、陛下にお仕えする女の義務が果たされるのよ。お前が今、どれほど陛下に気に入られようが、子がいなければどうにもならないわ。──さぁ、行きましょう、平隴《へいろう》」

つい、と顎《あご》を上げながら、雨菲の肩にどんとぶつかって芙蓉は通り過ぎていった。完全に空気になっていた飛蓮は、複雑な気分だった。

（……これほど俺の存在を忘れられたのは、初めてだな）

「申し訳ありません、飛蓮殿。芙蓉様は最近、ご機嫌斜めなんですわ」

余裕を見せようとしているのか、雨菲はなんでもないように微笑んだ。しかし確実に、先ほどまでよりひりついた空気を纏《まと》っている。

「……いえ。では、私はこれで失礼します」

いつもの完璧な微笑みを浮かべつつも、飛蓮は足早にその場を後にした。

やはり、女は面倒で苦手である。

都を出て碧成に従った臣下たちには、城の一角が住居として割り振られていた。飛蓮の司家も、都に残っていれば危険だと判断してここへ全員が移動してきている。柏林《はくりん》と眉娘《びじょう》もともに暮らしており、飛蓮が燦国へ向かうと知ると心配そうに顔を見合わせた。

「大丈夫なの？　こんな時に、燦国って……」

「お前たちのことは父上の知り合いによく頼んでおくから、心配ない。眉娘、弟子入りする絵師についてはしばし待ってくれ。もう少し状況が落ち着かないとな。もし何かあれば、江良殿に連絡を」

「出発はいつなんです？」

「五日後だ」

「一人で行くの？　俺も一緒に行っちゃだめ？」

「数人の官吏と兵士がつく。お前は留守を頼むよ」

そして飛蓮は、蘇高易にひとつだけ条件を出した。

「連れていく者は、私に選ばせていただけますか。重大な任務です。私がこれと思う、信頼できる者にしたいのです」

「──そうか。では、任せよう」

高易はそう頷いたが、横にいた智鴻は少し不服そうだった。自分の息のかかった人間を交ぜたかったのだろう。

そうして飛蓮は、同行する兵士の名簿の中に、潼雲を加えたのだった。

燗流《かんる》は空を見上げた。ごろごろと、腹の中まで響く雷鳴が聞こえる。

しかし、稲妻は見えない。

（あー、これあれだ。落ちる。俺に落ちるやつだ）

今までの経験上、そうなる。

何度か落雷を受けたことはある。その度、特に大怪我《おおけが》をすることもなく、僅かに火傷《やけど》が残る程度だ。

ここは都へ向かう途中の、どこかの峠である。

戦《いくさ》が起きたと聞いた。そして皇帝が兵を徴集しており、燗流の所属していた部隊にも都へ上るようにとのお達しがあった。

皇帝が都を追われ、その弟が皇帝になったという噂が聞こえてきた。では自分たちはその新しい皇帝のもとへ行くのか、とぼんやりと考えた。

雪媛の仕えていた皇帝というのは、その追われたほうの皇帝だったはずだ。

（あの人は今頃、そこにいるのかな）

そうなると敵対することになるわけで、それはなんとなく困ったことだなぁ、と思う。

などと考えながら行軍していたら、牛に激突され、谷に落ち、仲間たちとはぐれてしまった。

仕方がないので、ひとりで都を目指している。

その途中、数人の旅人が峠で休んでいるのに出くわした。都から逃げてきたという者や、逆に都へ行くのだという者もいて、世間話をしていたら雲行きが怪《あや》しくなり、雷が鳴りだしたのである。

　一緒にいれば彼らにも雷が落ちる危険がある。

　燗流は一人、その場を離れた。

「おじさん、どこ行くの？　雷が鳴ってるから動かないほうがいいよ」

　幼い少年が声をかけてきた。

（おじさん……）

　当年二十八歳の燗流はその言葉に若干《じゃっかん》傷つきながら、「大丈夫」と手を振った。

「坊主は向こうの、皆がいる岩陰のあたりに行ってな。背の高い木には近づくなよ」

「おじさんは？」

「あー、俺はちょっと向こうにね」

　すると少年は、

「じゃあ僕もそっちに行く」

　とついてきた。

「だ、だめ、だめだ。こっちは危ないから」

「？」

「とにかくな、向こうに行ってなさい。な？」

ほらほら、と少年の背中を押して、ほかの旅人たちのほうへと追いやる。不思議そうな顔をしている少年に背を向けて、燗流は駆け足で離れた。

カッと閃光が走った。

（あ、落ちた）

身体を何かが一瞬貫《つらぬ》く。

巨大な銅鑼《どら》を渾身《こんしん》の力で叩いたような音が轟《とどろ》いて、燗流は地面に倒れ込んだ。

「お、おじさん！　大丈夫⁉」

先ほどの少年が慌てて駆けてくる。

空を見上げ、手をわさわさと動かしてみて、燗流は息をつく。ゆっくりと立ち上がり、自分の身体を見下ろした。

「あー、うん、大丈夫。今回は軽い感じだな……」

「何言ってんの⁉　雷に打たれたんでしょ⁉　お医者さんに診《み》てもらわないと！」

「平気平気。怪我は……あー、ちょっとここが痛いけど、大したことない」

「……本当に、平気なの？」

「うん。だからほら、母さんのところへ戻りな」

「お母さんは、ここにはいないよ」

「うん？　そうなのか、父さんと一緒か？」

少年は首を横に振る。

「お父さんは死んだ」

「……そうか。そしたらお前、誰と一緒にここまで来たんだ？」

「一人だよ。都にいるお母さんに会いに行くんだ。お母さんからしょっちゅう手紙が来てたのに、最近ひとつも来なくなって……病気なのかもしれないんだ」

「……そうか。そりゃあ……」

今の都は混乱しているだろう。この子の母親は、果たして無事だろうか。

「おじさんも一人なの？　兵士？」

「そう。──仲間とはぐれてちょっと道に迷ってる」

「僕、地図もあるし道わかるよ。どこに行きたいの？」

「いや、あの、都にね」

「なんだ、一緒だ。じゃあついていってあげるよ」

それはこっちが言うべき台詞《せりふ》では、と燗流は思った。

「あー、いやしかし……お前、家はどこなんだ？」

「寧《ねい》州の臥漢《がかん》」

「そうか……」

近くはない。家に帰れ、と言うよりは都まで連れていって、母親に預けるほうがましか。

「じゃあ、そうするか……」

「決まりー。おじさん、名前は？」

「燗流だ」

「僕は天祐《てんゆう》。よろしくね、燗流さん」

【前巻までの登場人物】

玉瑛【ぎょくえい】……奴婢の少女。尹族であるがゆえに迫害され命を落とす。

柳雪媛【りゅうせつえん】……死んだはずの玉瑛の意識が入り込んだ人物。

秋海【しゅうかい】……雪媛の母。

芳明【ほうめい】……雪媛の侍女。かつては都一の芸妓だった美女。芸妓であった頃の名は彩虹。

天祐【てんゆう】……芳明の息子。

李尚宇【りしょうう】……代々柳家に仕える家出身の尹族の青年。雪媛の後押しで官吏となった。

金孟【きんもう】……豪商。雪媛によって皇宮との専売取引権を得た。

瑯【ろう】……山の中で烏や狼たちと暮らしていた青年。雪媛の護衛となる。

柳原許【りゅうげんきょ】……雪媛の父の従兄弟。柳一族の主。

柳弼【りゅうひつ】……雪媛が後宮で寵を得るようになってから成りあがった一族のひとり。

丹子【たんし】……秋海に仕える女。

柳猛虎【りゅうもうこ】……尹族の青年。雪媛の従兄弟にして元婚約者。

鐸昊【たくこう】……柳家に長く仕えた武人。

王青嘉【おうせいか】……武門の家と名高い王家の次男。雪媛の護衛となる。

珠麗【しゅれい】……青嘉の亡き兄の妻。志宝の母。
王志宝【おうしほう】……青嘉の甥。珠麗の息子。
朱江良【しゅこうりょう】……青嘉の従兄弟。皇宮に出仕する文官
文熹富【ぶんきふ】……江良の友人で、吏部尚書の息子。

碧成【へきせい】……瑞燕国の皇太子。のちに皇帝に即位。

昌王【しょうおう】……碧成の異母兄で、先帝の長子。歴戦の将。

阿津王【あつおう】……碧成の異母兄で、先帝の次男。知略に秀でる。

環王【かんおう】……碧成の六つ年下の同母弟。

蘇高易【そこうえき】……瑞燕国の中書令で碧成最大の後ろ盾。碧成を皇帝へと押し上げた人物。

雨菲【うひ】……蘇高易の娘。

唐智鴻【とうちこう】……珠麗の従兄弟。芳明のかつての恋人で、天祐の父親。

薛雀熙【せつじゃくき】……司法機関・大理事の次官、大理小卿。芙蓉に毒を盛った疑惑をかけられた雪媛を詮議した。唐智鴻とは科挙合格者の同期。

独芙蓉【どくふよう】……碧成の側室のひとり。

平隴【へいろう】……碧成と芙蓉の娘。瑞燕国公主。

独護堅【どくごけん】……芙蓉の父。瑞燕国の尚書令。

仁蟬【じんぜん】……独護堅の正妻。魯信の母。

詞陀【しだ】……芙蓉の母で独護堅の第二夫人。もとは独家に雇われた歌妓の一人。

独魯信【どくろしん】……護堅と仁蟬の息子。独家の長男。

独魯格【どくろかく】……護堅と詞陀の息子。独家の次男。

穆潼雲【ぼくどううん】……芙蓉の乳姉弟。もとの歴史では将来将軍となり青嘉を謀殺するはずだった男。

萬夏【ばんか】……潼雲の母親で、芙蓉の乳母。

凜惇【りんとん】……潼雲の妹。

曹婕妤【そうしょうよ】……碧成の側室。芙蓉派の一人。

許美人【きょびじん】……碧成の側室。芙蓉派の一人。

安純霞【あんじゅんか】……碧成の最初の皇后。

安得泉【あんとくせん】……純霞の父。没落した旧名家の当主。

安梅儀【あんばいぎ】……純霞の姉。

葉永祥【ようえいしょう】……弱冠十七歳にして史上最年少で科挙に合格した天才。純霞の幼馴染み。

浣絽【かんりょ】……純霞の侍女。

司飛蓮【しひれん】……司家の長男。

司飛龍【しひりゅう】……飛蓮の双子の弟。兄の身代わりとなって処刑された。

司胤闕【しいんけつ】……飛蓮と飛龍の父。朝廷の高官だったが、冤罪で流刑に処され病死した。

曲律真【きょくりっしん】……豪商・曲家の一人息子。飛蓮の友人。

京【きょう】……律真の母。唐智鴻の姉。

呉月怜【ごげつれい】……美麗な女形役者。司飛蓮の仮の姿。

夏柏林【かはくりん】……月怜がいる一座の衣装係の少年。

呂檀【りょだん】……年若い女形役者。飛蓮を目障りに思っている。

黄楊殷【おうよういん】……もとの歴史で玉瑛の所有者だった、胡州を治める貴族。

黄楊慶【おうようけい】……楊殷の息子。眉目秀麗な青年。

黄花凰【おうかおう】……楊殷の娘。楊慶の妹。

黄楊戒【おうようかい】……黄楊殿の父親。
円恵【えんけい】……楊戒の妻。楊殿の母。
黄楊才【おうようさい】……楊戒の弟。息子は楊炎《ようえん》。

洪【こう】将軍……青嘉の父の長年の親友。
洪光庭【こうこうてい】……洪将軍の息子。青嘉とは昔からの顔馴染み。
周才人【しゅうさいじん】……後宮に入って間もない、年若い妃の一人。
濤花【とうか】……妓楼の妓女。江良の顔馴染み。
玄桃【げんとう】……妓楼の妓女。江良の顔馴染み。

陳眉娘【ちんびじょう】……反州に流刑された雪媛の身の回りの世話をした少女。
姜燗流【きょうかんる】……反州に流刑された雪媛を監視していた兵士。
嬌嬌【きょうきょう】……眉娘の従姉妹。

白柔蕾【はくじゅうらい】……後宮の妃のひとり。後宮入りしたばかりの雪媛の隣部屋に暮らす。位は才人。

白冠希【はくかんき】……柔蕾の弟。

富豆冰【ふとうひょう】……後宮の妃のひとり。父親の地位をかさに高慢なところがある。位は美人。

鷗頌【おうしょう】……後宮入りしたばかりの雪媛に仕えた宮女。

美貴妃／風淑妃／佟徳妃／路賢妃……雪媛が後宮入りしたばかりの頃、皇后に次ぐ位につき後宮で絶大な権力を握っていた四妃。

※この作品はフィクションです。実在の人物・団体・事件などにはいっさい関係ありません。

集英社オレンジ文庫をお買い上げいただき、ありがとうございます。
ご意見・ご感想をお待ちしております。

● あて先
〒101-8050　東京都千代田区一ツ橋2-5-10
集英社オレンジ文庫編集部 気付
白洲　梓先生

集英社
オレンジ文庫

威風堂々悪女　8

2021年11月24日　第1刷発行

著　者　白洲　梓
発行者　北畠輝幸
発行所　株式会社集英社
〒101-8050東京都千代田区一ツ橋2-5-10
電話【編集部】03-3230-6352
【読者係】03-3230-6080
【販売部】03-3230-6393（書店専用）
印刷所　大日本印刷株式会社

ISBN 978-4-08-680416-5 C0193

漫画版
威風堂々
命を燃やし、運命へ抗う――！
この傷は後の戦《いくさ》で
敵将との一騎打ちでできるはずの傷だ――
――すべてを――
すべてを変えることができるのかもしれない――
電子レーベル「ココロマンス」より
各電子書店

集英社オレンジ文庫

瑚池ことり

リーリエ国騎士団とシンデレラの弓音

—見える神の代理人—

シレジア国の新王選定のための代理競技の
立会人になったリヒト。だが、この
旅路にも思わぬ陰謀が……!?

—〈リーリエ国騎士団とシンデレラの弓音〉シリーズ既刊・好評発売中—
【電子書籍版も配信中　詳しくはこちら→http://ebooks.shueisha.co.jp/orange/】

①リーリエ国騎士団とシンデレラの弓音
②—綺羅星の覚悟—　③—鳥が遺した勲章—
④—翼に焦がれた金の海—　⑤—竜王の人形—